海外小説の誘惑

おわりの雪

ユベール・マンガレリ

田久保麻理＝訳

白水uブックス

目次

トビを買いたいと思ったのは、雪がたくさんふった年のことだ。そう、ぼくは、その鳥がどうしてもほしかった。ディ・ガッソが、ブレシア通りの道ばたで、ラジオや中古車の部品やナイトテーブルといっしょに売りに出した最初の日から。それまでぼくは、なにかをどうしてもほしいと思ったことなど、まだいちどもなかった。

夕方、養老院の仕事がおわるとすぐディ・ガッソの店に行ってきいてみた。すこしだけどトビの前金として払ってもいいですか、と。だれかが先に買ってしまうんじゃないかと心配だったのだ。

ディ・ガッソはいった。

「おことわりだね、前金には興味ねえんだ。トビを買いたいなんていっているのもいまのうちだろ。どうせそのうちいらなくなって前金を返せといいにくるのさ」

トビをいらなくなるなんてありえないよ、とぼくはいった。ディ・ガッソは、興味ねえなとひとことかえしたきり、売りものの肘掛椅子《ひじかけいす》にすわって、通りをにらむばかりだった。ぼくはディ・ガッソが古道具をならべたところをはなれた。そのまま通りをわたり、店を立ち去った。

それから毎日、ぼくは夕方になると養老院からブレシア通りへまわり、トビがまだそこにいるのを、鳥籠《とりかご》のなかにちゃんと入っているのをたしかめるようになった。

ぼくより先にトビを買う人なんかいやしないのだ、みんながほしがるのはトビよりもラジオや中古車の部品のほうなんだとわかったのは、それから何週間もあとのことだった。

ブレシア通りに入ったとたん、音楽が聞こえてくることもあった。ディ・ガッソが売りもののラジオをかけているのだ。ラジオがおかれているのは、白いペンキを塗《ぬ》ったテーブルの上。電源はディ・ガッソの部屋がある二階の窓から電線《コード》をひっぱっている。鳥籠があるところはラジオのすぐそばだ。ラジオと鳥籠がそんなに近くにあるのを見るたびに、ぼくはなんだかいやな気持ちになった。そして、トビというのは、ラジオから流れてくる音を聞いても、捕《つか》まる前に見て心ふるわせたものを、ずっと記憶にとどめておくことができるんだろうか、としきりに考えた。

ぼくが心配したのは、トビがディ・ガッソの好きな流行歌を聞いたせいで、崖《がけ》のことも、野原を自由に飛びまわっていたことも忘れてしまうことだった。

ある夜、ぼくは父さんにきいてみた。もしも父さんがぼくの齢《とし》だったら、トビとラジオと、どっちを買いたいと思う？

父さんはいった。

「そりゃあ、ラジオだろう」

なんだ、がっかりだな、とぼくはいった。ぼくはね、もう何週間も前から、トビを買いたいと思ってたんだよ。父さんはびっくりしたようだった。一瞬《いっしゅん》黙りこんでから、どんなトビだったのか聞かせてくれといった。それで、ぼくはトビの話をした。青白い光をぼうっと放つ枕もとのランプの下で。父さんがトビのすがたをありありと思い浮かべることができるまで、どれくらいの時間をかけたのか、どんなことばをつかったのかはもう思いだせない。だけど話が終わったあと、父さんがいってくれたこのことばだけははっきりと憶《おぼ》えている。

「トビがいいか、ラジオがいいか、もうわからなくなっちまったなあ……」

それはたぶん、ぼくの話しぶりにたいする、父さんなりのほめ言葉だったのだ。なぜって、父さんがえらぶのは、ほんとうはやっぱりラジオだったはずだから。


ディ・ガッツォにトビのことをたずねるのはやめにした。前金をことわられたときから、なんだかえらそうなやつだと思っていたのだ。がっかりだった。ぼくはトビを捕まえてきたひとのことを教えてほしかったから。そのひとがどうやってトビを捕まえたのかとか、そのときどんな大変な目にあったのかとか、そんなことがぼくはとても知りたかった。待ちぶせしているあいだ、なにを考えていたのかってことも。ぼくはまだトビの飼い主じゃなかったけれど、そのときにはもう、捕まったときのことをなにも知らないのは、ひどくさびしいことだった。そして、いつかぼくのものになったときには、いまよりもっとさびしくなるんだろうと思っていた。

ある夕方、いつものように養老院からブレシア通りへまわると、歩道の先に男が立っているのが見えた。ディ・ガッツォの肘掛椅子のまん前だ。ぼくはぴんときた。トビを捕まえたのはあのひとだ。まちがいない。ぼくは朝からそのことばかり考えていたのだけれど、そのひとはぼくが思ったとおりのひとだったし、遠くから見ても、トビ捕《と》りらしいからだつきをしていた。ぼくはゆっくりとそちらへむかった。ぼくが到着するまえに歩きだせ、と心のなかで願いながら。すると、その願いどおり、男が歩きだした。ぼくはあとを尾《つ》けた。

ぼくが歩いていたのは男の十メートルくらいうしろ。すごく緊張していた。なにしろトビ捕りに会うのははじめてだったし、そのひとは、夕暮れのなかを、あまりにひっそり歩いたから。男はアジアゴ通りの水汲み場で足をとめ、首すじを水でぬらした。ぼくも立ちどまり、その様子をじっと観察した。男は手で水をすくって飲みほし、また歩きだした。でも、ぼくはそこに立ちどまったまま、男が遠ざかるのを見送った。それからくるりとうしろをむき、トビに会いにブレシア通りへもどった。

家に着いたときにはすっかり日が暮れていた。母さんが心配していたので、ぼくはこういいわけした。養老院のお年寄りが夕陽の沈むところを見たいというので、いっしょに見てたんだよ。それから今日のかせぎをかぞえて、半分を母さんにわたし、ふたりで夕食をとった。食事がすむと、父さんの寝室へ行って、さっきトビを捕まえたひとに会ったよ、と報告した。父さんは、そのひとと話をしたかときいた。ぼくは枕もとのランプをつけてから、いった。

「もちろんだよ、アジアゴ通りの水汲み場でさ。いっしょに水を飲んだ。どうやってトビを捕まえたのか、ぼくはもう知ってるんだよ。すっかり話してもらったからね」

すると父さんがいった。「その話、父さんにも聞かせてくれ、おまえが聞いてきたとおりにな」

そんなことをいわれるなんて思ってもみなかったから、ぼくは湖水地方でトビを狩る物語を、その場ででっちあげなければならなかった。でも、いつも想像していたことなので、話しはじめたらひとりでにことばが出てきた。父さんはじっと目をつむって聞いていた。しばらくするとぱっと目を開けて、こうたずねた。

「それ、ほんとに聞いたまんまなのか？」

ぼくはいった。

「うん、聞いたまんまだよ」

ぼくは先をつづけた。途中で、父さんがぽつりとこういった。「その話、気に入ったよ」それから、ぼくの話はどんどんくわしくなった。終わりまでいかないうちに、父さんは眠ってしまった。でも、ぼくは最後まで話しとおした。自分でもその話が気に入っていたのだ。ぜんぶ話しおわっても、すぐには寝室を出なかった。あかりを消し、ランプの横に立ったまま、暗闇のなかでながいことじっとしていた。父さんは、あかりを消すとすぐに目を覚ますことがあって、暗闇のなかで目を覚ますとひどくこわがった。ときには、それきり寝つけなくなってしまうほど、ひどく。ぼくは父さんがこわがる理由を知っていた。前に、父さんから聞いたことがあったから。そう、ぼくは知っていた。父さんが夢を見ていたのだということを。歯がすっかり抜けおちて、てのひらの上に山づみになっているという夢。ぼくはよく、その夢のことを考えながら手をひらいて、そこに死んでしまった歯がのっているところを思い浮かべてみた。でも、どんなにうまく思い浮かべても、あまりこわいとは思えなかった。ぼくの歯は口のなかにしっかりと生《は》えていたから、手の上に見えている歯がほんとうに自分のものだとは感じられなかったのだ。だからきっと父さんがその夢をこわがったのは、自分の歯が口のなかにしっかり生えているという感じが、もうしなくなっていたからなんだろう。父さんは、ずいぶん前から家族といっしょに食事をしなくなっていた。ぼくたち家族は、父さんの年金と、ぼくのかせぎの半分で生活していて、ぼくはそのころ、養老院の中庭を老人たちと散歩することでお金をもらっていた。

次の日、父さんにアジアゴ通りの水汲み場のことを質問された。父さんは、そこの噴水がなんの形《かたち》をしていたか、そしてそれをぼくが見たかどうかを知りたがっていた。噴水なんてよく見なかったよ、トビの話をきくのに夢中だったから、とこたえると、父さんはこういった。

「いや、ゆうべおまえの話を聞いたときには、父さんも噴水のことなんて気にとめやしなかった。でも、朝になったら、きゅうに思いだしてね。水盤の上に鳥の形の石像があるはずなんだ。そのくちばしから水が流れているんだよ」

その鳥はトビなの、とぼくはたずねた。

「それも考えてみた。おまえがそうきいてくると思ってね。だがあれはトビじゃないかもしれないな」

もっとよく思いだしてみて、とぼくはたのんだ。父さんはいった。「そうだな、あれはやっぱりトビじゃなかった。でも、噴水が鳥の形をしてるなんて、それだけでもおどろきだろう?」ぼくはうなずいた。噴水の話はそれきりになった。

父さんが顔を窓のほうにむけた。なんだか疲れているみたいだ。ランプの光のせいで、頬がやけにこけてみえる。毛布の上に片腕をだし、もう片腕に頭をのせている。あかりを消したほうがいいかな、と声をかけてみた。父さんは窓から目をはなさない。よろい戸のすきまが赤く染まっている。父さんの返事があった。

「いま、なにかいったか?」

「ううん、なんにも」

ぼくは立ちあがり、窓の前に行った。よろい戸のすきまが、間近で見ても赤くみえるかどうかたしかめたかったのだ。それはやっぱり赤かった。ベッドのそばにもどると、水を一杯もってきてくれと父さんがいった。ぼくは流しへ行き、蛇口の水が冷たくなるまで、いつまでも流しつづけた。

天気のいい日。そんな日は養老院で仕事にあぶれることがない。老人たちが中庭を散歩したくてうずうずしているのだ。夏になると、老人たちは元気になる。顔にはほほえみが浮かび、冬のあいだ弱っていた足腰もしっかりする。色鮮やかなスカーフや、つかいこんだ帽子を身につけるようになる。お金だって、天気のいい日は、わるい日よりはずんでくれる。ぼくの仕事は、老人たちの腕を支えながら、養老院の中庭を散歩することだ。出発点はベンチ。そこから庭の奥へむかって何本かの大きな樹のまわりをぐるっと一周、ときには何周かして、またベンチにもどってくる。ベンチに腰をおろすのを手伝ったところで、ぼくはお金をもらう。金額はとくに決めていない。そのとき払いたいと思った額だけ払ってくれればいい。ときどき、財布を部屋におき忘れて持ちあわせがないという人もいる。わるいねえ、としょんぼりされると、かまいませんよ、とぼくはこたえる。次の日に思いだして払ってくれる人もいるし、忘れたきりの人もいる。すぐにお金をもらってももらわなくても、ぼくはそのあと管理人のボルグマンの家に行く。養老院の入口にある小さな建物がボルグマンの家だ。その家の窓からは、ニシキギだとか、いろんな花を咲かせる灌木《かんぼく》が植えこまれたまるい中庭が見わたせる。ぼくはいつも窓辺にすわって、中庭をかこむベンチを見張っている。老人たちは、ぼくがそこにいることを心得ていて、大きな樹をひとまわりしたくなると、ベンチから窓のほうをじっと見つめる。それが散歩にいこうという合図なのだ。

　ボルグマンとぼくはとてもなかがいい。散歩を待つとき、勝手に家に入るのをゆるしてくれるのはほんとうにありがたいと思う。ボルグマンは口数の少ない、おだやかなひとだ。ぼくといっしょに過ごすのは好きだという。午後もだいぶまわったころ、ボルグマンはコーヒーを淹《い》れる。ふたりでそのコーヒーを飲みながら、窓から外をながめたり、すこしばかり話をしたりする。一度こんなアドバイスをしてくれた。庭に植えてある樹の名前を覚えておくんだな。花の咲く時期や樹齢も知っておいたほうがいい。そうすれば樹の下を通るときに、お年寄りとちょっとした会話ができるだろう？……たしかに、ぼくがそんなことをいえば、お年寄りたちは感心して、散歩代もはずんでくれるかもしれない。それはいい考えですね、とぼくはいった。でも、まだいちども実行したことがない。ぼくはときどきコーヒーを一缶買って、ボルグマンに差しいれする。お金はだいじにしろよ、とボルグマンがいうと、ぼくはこたえる。

「いつまでもごちそうになってはいられませんから」

ぼくは、養老院のお年寄りたちが大好きだ。でも、散歩代をたくさん払ってくれる人のほうが、そうじゃない人よりちょっとばかり好きになったりもする。お年寄りたちはぼくにいろんな話をしてくれる。ときどきすごくおもしろいと思う話もある。

たとえば、樹の上にリスがいたとき。めったに姿を見せないのだけれど、出てきたときには、ぼくの腕につかまっているおじいさんやおばあさんが、ずっと昔、リスを見たときのことをまざまざと思いだすのだ。すっかりぼけてしまって、散歩しているあいだ、ひとこともしゃべらないような老人でさえ、リスを見ると瞳がぱっと明るくなる。きっと、その人のなかで、遠い昔のリスの物語がくりひろげられているんだろう。

散歩をしていると、ひとりでもゆうゆうと歩いているお年寄りたちとすれちがう。まるで小石の上をスローモーションですべっているみたいに。だれにも頼らないで歩ける人や、足腰がじょうぶな人は、ぼくにとっては収入源にならない。でも、ぼくの支えを必要とするときがいつかはくるし、それが避けられないということは――ぼくがそのことをわかっていたように――その人たちにもわかっていた。陽《ひ》がかたむきはじめると、みんな夕食のために母屋《おもや》へもどってゆく。ボルグマンは自分の家と養老院の門を閉め、夕食のしたくを手伝うために調理場に行く。ぼくは家に帰る。

ぼくはそのころ、毎日ブレシア通りをまわって帰っていた。養老院からブレシア通りまでは歩いて十分ぐらいだ。そこに着くまで、ぼくはその日のかせぎを数え、トビを買うのにあといくら足りないだろうと計算する。夏のあいだは天気がよくて、毎日かせぎがあるけれど、トビが買える金額にはほど遠い。ディ・ガッソはトビと鳥籠にひどく高い値をつけたから、できるだけ夏が長くつづくか、あたたかくて雨の少ない秋にならないといけない。

秋のこととお金のことを考えているうちに、ブレシア通りに着いた。夕陽が屋根にさしかかっていた。通りは、家路を急ぐ人たちでいっぱいだ。その人たちが前をすぎてゆくのを、ディ・ガッソが肘掛椅子からにらみつけている。ぼくが来たことには気がついていない。ぼくは鳥籠の前に行ってしゃがみこんだ。トビはすこしも動かない。ぼくは格子のすきまから手を入れて、さわってみたくなった。でも、やっぱりさわるのはまだこわかった。いまはできるだけトビの近くにいるだけでいいや、とぼくは思った。足が鳥籠にふれた。トビがかすかに身をふるわせた。ぼくのにおいを覚えて、身をふるわせたような気がした。ふと通りすぎる人たちを見あげた。みんな、このトビを売っているのはぼくだと思っているかもしれない。

通りのずうっと先のほうで、夕陽が沈みかけていた。ぼくは鳥籠の影のなかにいた。ディ・ガッソが椅子から立ちあがってラジオをつけ、そのときはじめてこちらに目をむけた。きっとトビの影のなかにぼくがいるなんて思わなかったんだろう。ラジオのスイッチをひねると、そんなところでなにやってるんだ、ときいた。トビがぼくに慣れるようにしているんだよ、とぼくはこたえた。そんな返事も予想していなかったらしい。ディ・ガッソはなにもいわずにラジオを消し、肘掛椅子にもどった。

歩道にはまだ大勢の人が行きかっていた。でもトビに興味をもつ人はほどんどいない。ぼくは、鳥籠にふれていた足を、そっとはなした。

うちにつくと、母さんが夕食のしたくをしていた。ぼくはテーブルの上にお金をおき、食事の前に父さんの部屋へ行った。父さんはぼくの顔を見ると、トビ捕りの話をもういっぺん聞かせてくれといった。それで、ぼくは話をした。なにもつけくわえず、とばしたりもせず、最初に話したとおりに。

　それからもぼくは、父さんにせがまれて、よくトビ捕りの話をした。あのころあまりなんども話したせいだろうか、ぼくはいま、あの話を水汲み場で実際に聞いたように感じることがある。それはとても奇妙な感じなのだ……そう、ぼくはこんなふうに感じている。あのころぼくが語ったのは「ほんとうの話」の影か、映《うつ》し絵のようなものだった、つまり、「ほんとうの話」とよく似たなにかだった、と。トビ捕りの話はいまでもよく思いだす。でも、いまはもう、父さんがその話を信じていたのかどうかさえわからない。たとえ、ぼくがいつもはじめて話したとおりの話をし、土地のことはこまかく説明しないように気をつけていたとしても。土地の説明を避けたのは、父さんが湖水地方にくわしいことを知っていたからだ。父さんは、鉄道路線の建設現場でながく働いていたことがあって、その後もよく湖水地方へ狩りや釣りをしに出かけていた。

　トビ捕りのこととはなんの関係もないけれど、ぼくはいつか、もういちどアジアゴ通りの噴水に行ってみようと思う。そこにどんな鳥の石像があるか、見てみたいのだ。

ボルグマンには妹がひとりいる。夏も終わりに近いある日、その妹が、生まれたばかりの子猫を何匹かつれて養老院を訪ねてきた。子猫をやっかいばらいしたかったのだ。ちょうどそのとき、ぼくはボルグマンの部屋にいて、窓からベンチを見張っていた。妹はぼくには目もくれなかった。妹のおしゃべりと、「わかった、子猫の処分をひきうけるよ」というボルグマンの声が聞こえた。でも、妹が帰ってしまうと、ボルグマンは途方にくれたようにうろうろとテーブルのまわりを歩きまわった。話がぼくにつつぬけだったと知っているんだろう、なさけない顔でほほえんでみせる。コーヒーの時間だったけれど、ふたりともそんなことは思いだしもしなかった。ボルグマンは椅子に腰をおろし、テーブルにおかれたダンボール箱をじっと見つめた。そして膝のあいだに手をはさみ、ゆっくりと椅子をゆすった。ぎしぎしと椅子が軋《きし》んだ。ぼくはまた窓のほうをむいて、ベンチを見張った。すぐに散歩の合図があった。散歩からもどっても、ボルグマンはまだ箱の前にすわったままだった。椅子はもうゆすっていない。箱を見つめるボルグマンの目つきといったら……。もしもだれかがその目を見たら、きっとなかの子猫はもう死んでるんだと思っただろう。気のいいボルグマンのそんな目つきを見ているのはやりきれなかった。ぼくはまた窓辺にもどって、ベンチを見張りだした。するとふいに、「いくらなら猫を殺《や》ってくれる?」とボルグマンがいった。ぼくはうしろをふりかえり、「そんなこと、ぼく、したことありませんから。それにどっちにしたって、ボルグマンさんからお金はもらえません」とこたえた。それは、ちっぽけな子猫のことにすぎなかった。でも、その子猫のために、ボルグマンはすっかりまいってしまったようだった。妹がテーブルの上に箱を残していってから、だれにもいえない、おそろしい秘密と戦っていたのだ。ボルグマンが絶望しきったような目でぼくの顔を見つめた。ぼくは窓のほうに目をそらした。そしてほんのすこし間をおいて、唐突にこういった――やりますよ。

「金は払うよ」

ぼくはなにもいい返さなかった。いくらかの金額が提案された。ずっと黙っていた。頭のなかで、その金額は天気のいい日の何回分の散歩にあたるだろうとすばやく計算した。ぼくは窓辺をはなれ、テーブルに歩みよった。ボルグマンが立ちあがって、どうするつもりなんだときいた。その方法ならもう考えてある。ボルグマンの妹が帰ってからずっと考えていたのだ。ぼくはまよわずこたえた。

「おぼれさせるんです」

ボルグマンがなにかつぶやいたけれど、ぼくには聞きとれなかった。なにか必要なものはないかときかれたので、ぼくはそれをいった。ボルグマンは奥の納戸《なんど》を指さした。そして椅子の位置をなおし、おもてに出ていった。ぼくは納戸に入ってなかを調べ、手桶《ておけ》とインゲン豆を入れていた空の布袋を見つけた。

そうして、すばやく行動をはじめた。

手桶の半分くらいまでぬるま湯をそそぎ、布袋に穴をあけて子猫をいれた。黒とピンクの子猫ばかり。ぬるま湯のようになまあたたかい。するどい声でいっせいに鳴いている。ぼくは袋の口をむすんで、手桶に沈め、いそいでおもてに出た。家の前にボルグマンがいなかったことに、ぼくはほっとした。きっと母屋のほうに行っているのだろう。

空をながめながら、時がたつのを待った。ぼくは自分がかなしんでいるのを感じていた。さっきの子猫の鳴き声のようなするどい痛みがちりちりと胸にひろがった。

それからぼくはまた家のなかへ入り、ゆっくりと手桶に近づいた。とてもゆっくりと。すぐそばまで来た。水面に、布袋が浮かんでいる。なかから子猫の鳴き声がする。ぼくは頭をなぐられたようにぼうぜんとなって、手桶から目をそらすことができなかった。袋は水の上で、まるで生きもののように動いている。思わず外に飛びだすと、壁の近くに落ちている石ころが目に入った。

布袋を開けて、なかを見ないようにして、ひろってきた石ころを入れた。そして袋のはしをむすびなおし、水のなかにもどした。この石で重さはたりるだろうかと思いながら見まもっていると、袋はすぐに沈んだ。ぼくはまた外に出た。玄関にもたれ、左右の頬っぺたにかわるがわる手をあてながら、人気《ひとけ》のない通りをぼんやりとながめた。通りはいつまでたってもがらんとしていた。どうしてなのかはわからない。でも、通りに沿ってまっすぐのびる石壁のせいで、よけい、がらんと感じたのかもしれない。

車が一台、母屋からやってきて、ぼくの前を通過し、右に折れた。青と灰色の車。後部座席に、ぼくのよく知っているおばあさんが乗っていた。もうなんどもいっしょに散歩したことがあるおばあさんだ。散歩にはいつも犬を連れていた。ぼくたちのうしろをちゃんとついてくる利口な雌犬で、飼い主とおなじくらい年とっていた。毛はこげ茶色。ぼくたちが足をとめると犬もすぐにとまった。おばあさんは犬に声をかけることはあまりなかったけど、よくにっこりと笑いかけていた。ならんで歩いている犬にむかって、そんなふうに笑いかけるおばあさんは、ちょっと風変わりに見えた。きっとすごいお金持ちだったんだろう。いつもいい匂いのする香水をつけていたし、散歩代も気前がよかったから。養老院で犬を飼うためにたくさん割増料金も払ったにちがいない。手にはいつも色鮮やかなスカーフをもっていた。そのスカーフは、おばあさんの腕を支えているあいだ、ぼくの袖をすてきに飾ってくれた。風が吹くと、ふたりのあいだでひらひらした。いちど、いっしょに樹の下を通ったとき、おばあさんがリスの話をしてくれたことがある。遠い昔の、それはそれは美しい話だった。老人たちは、ふるい記憶を掘りおこそうとするとき、かならず足をとめる。でも、そのおばあさんには必要なかった。それどころか、奇妙なことに、その日は、梢《こずえ》のあいだにリスの姿を見たわけでもなかった。おばあさんは樹々の下を歩きながら、ただそのリスの話を聞かせたくて、ぼくに散歩をたのんだのかもしれない。

青と灰色の車が遠ざかり、まがり角に消えた。ぼくはまたボルグマンの家に入り、手桶のほうへ歩いていった。布袋は底に沈んでいた。水面からゆげがゆらゆらのぼっていた。ぬるま湯をいれたせいだ。

その日は、トビに会いに行くのをやめて、まっすぐうちに帰った。夕飯はあまり食べなかった。どうしたのと母さんにきかれたので、なんでもないとこたえた。

「きょうは、お父さん、午後からぐっすりだったのよ。とても具合がいいの」

「ほんとに？」ぼくはきいた。

「ええ」

そのあとはとりとめのない話をぽつぽつとした。それから、母さんは夕食の片づけをした。ぼくはその日のかせぎをかぞえた。お金をかぞえながら、いつか父さんが死んでも年金はもらえるんだろうか、と考えた。そんなことを考えた夜はいくらもあった。ぼくはお金をふたつにわけ、父さんの部屋へ行った。

「きょうもブレシア通りでトビを見てきたのかい」父さんが質問した。ううん、見てこなかったとぼくはいい、そのわけを説明した。父さんは、子猫は何匹だった？　ときいた。さあ、わかんないや、かぞえようなんて思わなかったんだ。五匹か六匹だったと思うけど……。

「それもそうだな、すまん」

そういってから、父さんはたずねた。

「つらいのか？」

ぼくは正直な気持ちをこたえた。

「ううん、そうでもない。つらいのとはちょっとちがうんだ」

父さんはぼくのこたえについて、じっと考えこんでいるようだった。ぼくは、自分のいったことを父さんがどんなふうにうけとめ、ぼくに対してどんな評価をくだすのか、不安に思ってはいなかった。不安に思ったことなんかいちどだってなかった。

父さんが考えているあいだ、ぼくはランプのかさの下に手をかざしていた。父さんは天井からかたときも目をはなさずに、ふいに話をはじめた。天井には、ぼくの手の影が映ったり消えたりしていて、それはぼくの手の影というより、いろんな動物か、なにか奇妙な物体がうごめくのに似ているようだった。そう、それで、父さんはぼくにこういった。「むかし父さんも、あることを経験した。ふつうならつらいと感じるようなことだったが、おれはそうは感じなかった。だがそのかわり、自分は独《ひと》りだと、これ以上ないほど独りきりだと感じたんだ……」ぼくはランプの下で手をゆらしつづけながら、父さんのいったことを考えていた。ぼくのことをわかってくれるのは父さんだけだ。ぼくは、その夜、そう思った。そんなことを思った夜も、いくらもあった。

それから父さんは夢の話をした。前の晩に見た夢の話。父さんは犬が通りで吠《ほ》える声を聞いたのだという。犬の声は実際に聞こえていた。でも、父さんは夢うつつだったので、その遠吠えは長くて固い物体になった。こいつをぶったぎったら、どれくらいの長さの木材になるだろう、父さんは夢のなかでそう考えた。

「おまえ、想像できるか？　犬の遠吠えをぶったぎったら、どれくらいの長さの木材になるかって」

父さんは自分でもあきれたようにいった。

ううん、まるきり想像がつかないよ。そういいながら、ぼくは思いだしていた。父さんが鉄道会社で働いていたとき、かぞえきれないくらいの枕木を線路に設置したことを。それですこしは夢の説明がつくかもしれない。

翌日、ボルグマンと子猫の話はしなかった。ボルグマンはぼくにお金を払い、自分の家と母屋へつづく小径《こみち》のすきまに子猫を埋めてくれた。数日のあいだ、その場所には、掘りかえされたあとがはっきり残り、草むらのなかに作られたミニチュアの庭のようにみえた。やがて、秋雨《あきさめ》が土をしめらせた。雨がやんで、太陽が大地を乾かすと、掘りかえされたあとはわからなくなった。それからあっという間にあたらしい草がのびてきて、家と小径のすきまをすっかりおおいかくした。

秋のはじまりの数週間、ボルグマンとぼくはコーヒーを飲みながら、いつもよりたくさんおしゃべりをした。午後のその時間は、ことがおこなわれた憂鬱《ゆううつ》な時間だったからだ。そんなふうにおしゃべりをしていれば、子猫のことをあまり考えずにすむ、ぼくたちはそう思ったし、そうあってほしいと願っていた。でも、実際のところ、ぼくたちが考えていたのはそのことばかりだった。まるで定刻になると、黒とピンクの小さな幽霊たちがボルグマンの家に入ってきて、ぼくらのあいだをふわふわと漂っているようだった。ぼくらはときどきおしゃべりをしながら、ふいに黙りこんでしまうことがあった。いくら子猫のことを考えないようにしたって無駄《むだ》なのだ、そんな思いがふたりの頭を同時によぎったときだ。そうしていったん黙りこんでからは、まるで何事もなかったように、ぼくが窓から見張りをするあいだ、ふたりでしずかに時をすごすのだった。

ベンチや中庭や小径のずっとむこうで、樹々の色が変わりはじめていた。老人たちは、黒い外套《がいとう》と黒い帽子を身につけるようになった。樹木の上にひろがる空は、ぶあつい雲におおわれた。

仕事は真夏の半分に減った。いちども散歩に呼ばれない日もあった。空が鈍色にくもっていると、老人たちは庭に出ようとはせず、食堂でトランプやドミノをする。そんなとき、ぼくはいつもよりも早く帰った。午後のコーヒーを子猫の幽霊とともにするとすぐに。それからブレシア通りへ行き、ディ・ガッソが商品を中庭にしまいだすまで、トビといっしょにすごした。店じまいのときはぼくが鳥籠をはこぶことになっていた。すごく重いので、ぐらぐらしないように持ちはこぶのはむずかしい。でも、鳥籠はすこしもぐらついたりはしなかった。トビが翼を羽ばたかせてバランスをとってくれたからだ。鳥籠をはこぶと、ぼくはそのまま中庭にすわりこむ。ディ・ガッソの片づけが終わると立ちあがる。ディ・ガッソが中庭の鉄柵を閉める。

その年の秋は雨がおおかった。毎日しとしとふっていたので、ぼくは仕事をしに来たのではなくて、ボルグマンに会いに来ているような気がした。ボルグマンに会えるのは、もちろんうれしい。でも、仕事があるならもっとうれしい。冬がきて、雪になることをぼくはいちばんおそれていた。でも、老人たちは、ぼくよりもっとおそれていたし、おびえてもいた。思いかえしてみれば、前の冬、老人たちは、ぼくが脇を支えていてもけっして雪の上を歩こうとはしなかったのだった。

ぼくは窓から晴れ間がのぞくのをうかがっていた。きっと老人たちも、自分の部屋や食堂から空をうかがっていたにちがいない。でもぼくが困るのは、いくら晴れ間がのぞいても、老人たちがながめるだけで満足してしまうことだ。せっかく雨があがったのに、まだ雲行きがあやしいと思うと室内にこもったきり出てこない。庭におりるのは、すっきりと晴れわたった午後だけ。でも、その秋、そんなふうに晴れる日はあまりなかった。

雨の日、ブレシア通りでは、ディ・ガッソが売りものの古道具やトビの上にシートをかけた。雨があがるとすぐにたたんだ。ディ・ガッソはシートをかけたりたたんだりでいそがしく、機嫌がわるかった。目の前を人が通るたびになにやら悪態をついている。ぼくがいてもなんともいわなかったのは、ぼくがいつもしずかにしていたからだろう。それに、たいてい鳥籠にぴったりよりそっていたので、ディ・ガッソの目には入らなかったのだ。電線が雨にぬれると危険なので、もうラジオはつけなかった。ぼくはトビの相手をしながら、ディ・ガッソが通行人にぶつくさいうのを聞いていた。そんなことをいうのはおかしいと思いながら。通行人は、ぼくにとっての老人たちのように、いつかディ・ガッソのお客さんになるかもしれないのだから。ぼくなら、仕事をくれるお年寄りに、わざと聞こえるような声で悪口をいったりはしない。

その秋、父さんの部屋にはありとあらゆる水の音がひびいていた。ぼくたち家族が住んでいたのは建物の最上階、正確にいうなら屋根裏部屋だ。雨はぱらぱらと屋根を打ち、雨樋《あまどい》や排水管をつたって流れおちた。ぼくたちは黙ってその音に耳をかたむけ、それぞれの思いにふけった。

ある夜、父さんが、トビを買うお金はたまったか、買ったら、えさはどうするつもりなんだときいた。お金についての質問には、雨音がみごとにこたえていた。ディ・ガッソがつけた金額までお金がたまるのをじゃましていたのは、ほかならぬその雨だったからだ。えさについては、毎日多少の肉を買うためにこれからも養老院ではたらこうと思う、とこたえた。

ふいに雨がやんだ。トビ捕りの話を聞きたい？　とぼくはたずねた。ああ、聞きたいが、きょうはなんだか疲れてる。最後まで聞かないうちに眠っちまうかもしれないな。父さんの返事をきくと、ぼくはいった。なんだ、そんなことなら前にもあったよ、父さんはいちど途中でねちゃったことがあったんだ、でも、かまわず最後まで話したんだよ。

「じゃあ、こまかいところもとばすなよ」

「うん、とばさないよ」

「父さんが眠っちまってもな」

「父さんが眠っても、こまかいところをとばさない」

「よし、はじめろ」

父さんは眠らなかった。あたりが暗くなり、また雨がふりはじめても、最後までトビの話を聞いていた。そして話が終わると、ひとつもとばさなかったな、といった。そのころはもう、すっかり話を憶えていたのだ。

ぼくはランプをつけた。父さんがぎゅっと目をつむった。その電球の光は父さんにはまぶしすぎたのだ。ちょうどそのとき、母さんが外出しようとする音が聞こえた。それから、ばたんとドアの閉まる音、階段の自動消灯スイッチがカチッとひびく音……。果てしなくながい時間が流れた。スイッチの音がしてから自動的に消えるまで、ぼくらはいつもじっと黙っていた。ぼくは父さんの顔をけっして見なかった。だから、そのあいだ、父さんがなにを見ているのか、知らなかった。

夜がきて、またふりはじめた雨が、きゅうに激しくなった。屋根をたたきつけるような雨音が、雨樋の音も排水管の音もかき消して、もうなにも聞こえない。聞こえるのはたえまなく屋根を打つ雨音ばかり。ぼくは肘掛椅子から立ちあがって窓辺に行き、いつもの声でしゃべった。それからまたベッドのほうへもどり、いまなんていったか聞こえた？　ときいた。「なんにも」雨音のせいでなんにも聞こえてはいなかった。ぼくはまた窓のほうへ行き、さっきより大きめの声でしゃべった。こんどは父さんの耳にもすこしとどいたけれど、なにをいったかはわからなかった。ぼくは肘掛椅子にもどり、ランプに手をかざした。ぼくらは天井に映る影を見つめた。あらゆるかたちがそこにはあった。

その夜、雨は一晩中ふりつづけた。

秋が終わるすこし前、ぼくはまた子猫をおぼれさせた。その手のこと、、を引きうける人を知っていると、ボルグマンの妹がいいふらしたのだ。うわさを聞きつけただれもがボルグマンのことだと思った。そうして次の仕事が、前とおなじ料金でぼくのところへまわってきた。お金は、猫を処分したい人からボルグマンへ手わたされ、ボルグマンからぼくへと支払われた。ぼくはそのお金をそっくりトビのための貯金にまわした。布袋がぬるま湯に沈んでいくあいだ、ぼくは自分にいいきかせていたのだ。この仕事はいつもの仕事とは関係ないんだから、と。

それから、ぼくはまた外に出て、空を見上げながら時がたつのを待った。夕方も終わりにちかく、もう夜になろうとしていた。赤とオレンジ色に染まった、ひどくはかない空だった。

しばらく空をながめて、家のなかに入った。手桶がゆげをあげていた。水面がくもって、底の袋はよく見えない。ぼくはこんどの猫の数をかぞえていた。ダンボール箱から子猫をひろいあげるとき、数なんかかぞえてもしかたがないのにと思いながら。

その子猫を次の日、前の子猫のとなりに埋めたのは、やっぱりボルグマンだ。家と小径のすきまには、夏草とはべつな種類の草が生えていた。みどりがもっと濃くて、背丈も低い。それでも草はおなじようにのびてきて、掘りかえした土をおおった。

それは、ボルグマンが掘った二番目の墓で、最後の墓にもなった。「これで終わりだ、こんなことはもう二度としない」とボルグマンが妹に宣言したからだ。そう告げたのは、ボルグマンが猫を埋めることに苦痛を感じたからなのか、それとも、ぼくが猫をおぼれさせることに苦痛を感じていると思ったからなのか、理由はぼくにはわからなかった。

ぼくは手桶を見るのをやめ、窓辺に行って外をながめた。庭のベンチに腰かけている人はひとりもいない。その日、ぼくはまだ一度しか散歩をしていなかった。その散歩でもらったのは、もう使われなくなっていた、ごろんとおもたい硬貨一枚。庭に目をやるとまもなく、養老院から色鮮やかなスカーフを手にしたおばあさんが出てきた。おばあさんはベンチにむかい、そのうしろを犬が追いかけた。おばあさんと犬は、中庭をゆっくり、ゆっくりと、まるで大きな柱時計の針のように時計まわりに歩きだした。

そうして一周終えたと思うと、そのままもう一周まわりはじめた。おなじように、ゆっくり、ゆっくりと。

その途中、ひとりのおじいさんがあらわれて、逆回りに散歩をはじめた。おじいさんは、おばあさんのほうへ近づいていき、声をかけた。ふたりがそこで足をとめたことに犬は気づかず、ひとりでとことこ歩いていった。すこし先へ行ってようやく気づくと、くるりとまわって引きかえし、主人とおじいさんのあいだにうずくまった。ふたりは立ち話がよほどおもしろいらしく、とてもぼくを散歩に呼んでくれそうもない。一瞬おしゃべりがやんで、ふたりは空を見上げた。きっと、大きな樹の下をいっしょに散歩しようかと思案していたのだろう。でもそのあと、またおしゃべりがはじまった。

ぼくは窓辺をはなれ、手桶の前を通ってボルグマンの家を出た。

ブレシア通りに入ったとたん目にとびこんできたのは、もうもうとけむりを吐きだし、熱でまっ赤になった半分のドラム缶だった。そのまん前に、ディ・ガッソが肘掛椅子をおいてすわり、火傷《やけど》しないように脚をひろげている。かたわらには廃材の山。ディ・ガッソは、その木切れを、ひろってはくべ、ひろってはくべをくり返している。ぼくが鳥籠の近くに来ても、まだやっている。ぼうっと木切れが燃えあがり、ぱちぱちと火の粉《こ》がはぜた。ディ・ガッソが椅子の背にどすんともたれ、夏のころとおなじように、道ゆく人たちをじろじろ見物しはじめた。ひとりでちょっとばかり冬を先どりして、すっかり得意気な様子だ。きょうは通行人の悪口をいったりしないだろうなとぼくは思った。トビのそばにしゃがみこむと、ぽつぽつと小雨がふりだした。雨はじきにやんだ。トビが翼をひろげようとした。それが鳥籠にさえぎられると一瞬動きをとめ、それからしずかに翼をたたんだ。

ある晩、父さんとぼくのもとに、嵐がやってきた。というか、やってきたような気がした。ふたりで寝室にひびく雨の音と風の音を聞いていたときに。でも、ほんとうは気がしたんじゃなくて、ぼくたちは、これは嵐なんだと思いたかったのかもしれない。ともかく、嵐がやってくるとまもなく、父さんがちょっと椅子をおりて窓際に行ってくれといった。ぼくは、いわれたとおり、窓辺に行った。するとこんどは、トビ捕りの話をしてくれといわれた。さっそく話をはじめると、父さんはすぐに話をさえぎり、大きな声でいった。

「なにも聞こえないぞ!」

ぼくはもういちどやってみた。嵐の音にも負けないくらい声をはりあげて。出だしだけちょっと話すといったんやめて、父さんにたずねた。

「いまのは?」

「いいぞ」

「じゃあ、最初からやりなおすからね。こんどはやめないよ」

「ちょっと待て」

父さんが腕をのばしてあかりを消した。ぼくはトビの話を最初からやりなおし、こんどはやめなかった。窓にもたせかけていた背中がずるずるとすべりおちて床にしゃがみこんでしまっても。その姿勢のほうが話しやすかったのだ。

それはぼくが父さんに聞かせた話のなかでも、いちばんすごいトビ捕りになった。ぼくの声で、部屋じゅうの空気が振動するようだった。男がトビを捕まえようと格闘する場面は、声の迫力で異様にもりあがった。逃げようとしたトビが、必死に翼をひろげる場面もだ。雨の音、風の音、外から聞こえるあらゆる音が効果音になり、まるでトビ捕りがほんとうに嵐のなかでくりひろげられているみたいだった。いまでも憶えているのは、雨つぶのあけた穴が底なしの淵になっているところ、それから湖の水かさがとんでもなく増えているところ。出てくるものはなんでもかんでも大きくなった。でも、なかでもいちばん忘れられないのは——というのは、父さんがそこに注目したからなんだけど——男の影はひとつの黒い夜でした、というところだ。ふと口をついて出たことばで、大した意味はない。というより、ほとんどまったくない。でも、そのフレーズが出てきたときには、自分でもすてきだと思った。

トビ捕りの話はまだつづいた。男とトビは死闘をくりひろげながらも、ふたりの身に同時にふりかかるさまざまな困難にたいしては、ともに立ちむかった。協力してものごとに立ちむかうというのはすばらしいことだ。そんなふたりの協力体制がトビ捕りの話をどんどん変えて、しまいには話の中心になった。ある意味、もう結末はどうでもよかった。結局は、いつものように、男の勝利で話をしめくくらなければならなかったとしても。

ぼくはベッドのわきの暗がりにもどった。でも、その暗がりはすこしもこわくなかった。父さんがにやりと笑った。歯が生き生きとしてみえた。父さんは首をゆすって、でかしたな、というしぐさをした。ぼくの話を気に入ってくれたのだ。父さんはまるで、男がトビを捕まえることができてよかったなといっているみたいだった。でも、もし男がしくじったとしても、その話をおなじくらい気に入ってくれただろう。トビが力のかぎり闘うことは、湖の高みをいつまでも飛びつづけるのとおなじくらい、すごいことなのだから。

ぼくは肘掛椅子にもどった。

「すごくいいくだりがあっただろ。なんといったっけ。忘れちまった」

「ぼく、おぼえてる。たしかこうだよ。男の影はひとつの黒い夜でした」

「そう、それだ。こんどはおぼえた。そこはほんとうに気に入ったんだ」

「うん、ぼくも」

「とてもきれいだった」

「ありがとう。じぶんでも、いってからすぐわかったんだ、ここはきれいだなって」

「ほかのところもぜんぶよかった。居眠りなんてできやしないさ」

「でも、父さんが眠ってしまっても、ぼくはちっともかまわないんだよ」

ぼくたちの空想の嵐はおさまっていた。雨はまだふっているけれど、風はやんでいる。

「あかりをつけようか?」

「ああ。だが、あした、もっと弱い電球を買ってきてくれ」

父さんが目を閉じた。ぼくはランプのスイッチをいれた。

翌日、ぼくは養老院ですごくよくはたらいた。空がみごとに晴れあがったからだ。樹木の下には、大きな空色の水たまりがいくつもでき、樹々の影を映していた。ひとりのおじいさんの腕をささえていたとき、ぼくたちはいっしょに水たまりをのぞきこんだ。

水たまりで遊ぶのを思いついたのは、おじいさんだ。

おじいさんは、鏡のようになった水たまりにむかって、あいているほうの手をさしだし、いろんなかたちをつくった。ぼくも真似をして、おなじように手を動かすと、おじいさんはすごくよろこんだ。それからぼくたちは水たまりのそばにしゃがみこみ、いろんなしぐさをした。にらめっこもした。おじいさんの顔はめちゃめちゃだった。負けちゃった、とぼくはいった。

この散歩には、ちょっとこまってしまうくらいのお金をもらった。おじいさんは頬を赤くして財布からおさつをひっぱりだした。何枚あるのかわかったとき、ぼくは、これじゃ多すぎます、といいたいくらいだった。なにしろあの水たまり遊びは、ぼくもすっかり気に入っていたのだから。

そのあともなんどか散歩に呼ばれた。でも、おじいさんのときほどおもしろくはなかった。

ぼくはトビに会いにブレシア通りへむかい、途中でつや消しガラスの電球を買った。その電球は、ちょっと梨に似ていた。四十ワットの梨だ。ぼくはそれをポケットにしまった。

ブレシア通りに出ると、ディ・ガッソがラジオの台にしていたテーブルを売っているところだった。テーブルを買った女の人の髪を夕焼けが照らし、茜色《あかね》に染めていた。女の人が行ってしまっても、ディ・ガッソの目はそのうしろ姿をずっと追いかけていた。見えなくなるとお金をかぞえなおしてポケットにつっこみ、肘掛椅子にもどった。

ぼくはトビのそばに行ってしゃがみこんだ。

太陽がかくれた。

まだ陽射しはあるのに、きゅうに冷えこんできた。からだをあたためようと、あちこち動かしていると、ポケットの電球があたった。暗くならないうちに帰ろうとぼくは思った。

家に帰ると、父さんは眠っていた。ぼくはうす暗い部屋のなかで、音をたてないようにそうっと電球をとりかえた。それから椅子にすわって、てのひらの上でふるい電球をくるくるとまわしながら父さんが目を覚ますのを待った。目を覚ますと、ぼくはなにもいわずにランプをつけた。

父さんは目をしばたたかせながら、すーっと部屋を見わたした。

「電球を換えてくれたんだな。うん、こりゃあいい、前よりずっとよくなった」

父さんは満足そうにうなずいて、すみからすみまで部屋をながめまわした。まるで新しい服が似合うかどうかためしているみたいに。

外はすごく寒いんだ、トビのことが心配だな、とぼくは話しかけた。それからぼくたちはながいこと、寒さとトビについて話しあった。父さんは、トビは寒さに強いから、このぐらいなら大丈夫だという。それが気安めのことばだということがぼくにはわかった。湖水地方は寒いの？と、ぼくは質問した。「ああ、寒い。ブレシア通りよりもずっとな。おそろしく気温が下がって、三月まで氷がとけないんだ」その返事をきいて、ぼくは思わずこういいかえした。湖水地方にいれば、トビはいつでも翼を動かすことができる。でも、いまはそれもできないんだよ……。父さんは、どう返答したらいいのかわからないようだった。

寒さについての話がとぎれたのは、母さんが出かける音を耳にしたときだった。ばたんとドアがしまる音。そして自動消灯スイッチがカチッという音。

ぼくたちはじっと黙っていた。また話をはじめたときの話題は、ディ・ガッソの悪口。それから思いつくかぎりの知りあいの悪口。なんだかぼくたちは、そんなことをしゃべりたくてたまらなかったのだ。知りあいなんてほんのちょっとしかいなかったとしても。やがて父さんが喉《のど》がかわいたといった。ぼくは台所に行き、コップに水をくんできた。父さんはそれを二口《ふたくち》で飲みほし、そろそろ寝《やす》むよといった。ぼくはあかりを消し、自分のベッドへ行った。

父さんが病気になってから、ぼくは台所で寝ていた。ぼくの部屋は母さんが使っていた。ぼくは、窓の下においた折りたたみ式ベッドに寝ていた。

ふたたび自動消灯スイッチの音が聞こえたとき、ぼくは目をあけていた。あたりは闇。ドアが開くと目をつむった。母さんが台所に入ってきた。椅子にぶつからないようによけながら、ぼくのほうに近づき、眠ってるのと声をかける。ぼくは黙っていた。母さんが椅子をひいて腰をおろすあいだも、暗闇のなかで、じっと息をひそめて。母さんは、数分のあいだ、ぼくのベッドの前に、身じろぎもしないですわっていた。やがて手をこすりあわせる音がした。それから服のしわをのばす音。帽子をとって、ひざの上にのせる気配。そのあとは一分ばかりなんの音も気配もしなかった。ふいに母さんの声がした。ほんとうは眠ってないんでしょう？　それだけいうと、母さんはひどくしずかに泣きはじめた。そして、ぼくも。母さんより、もっとしずかに。そんなふうにすこしも声をもらさない泣き方をぼくはいつのまにか覚えてしまっていた。しばらくすると母さんがぽつりぽつりと話をはじめた。母さんのこととぼくのこと。でも、いまはそのことを思いだしたくない。母さんが話しているあいだぼくは、トビが空を翔《か》けるあのすばらしいすがたを目に浮かべていた。

母さんの声がとぎれた。トビはまだ飛んでいた。母さんが自分のベッドへ行ってしまっても、ずっと飛びつづけていた。トビは湖面に映った自分のすがたを見下ろしながら飛ぶ。その湖水はおだやかで、草むらにおかれた鏡のようだったのだ。

そんなふうにしてその秋は終わった。なぜなら、次の日、雪がふったから。そんなにたくさんじゃない。それでも、雪だ。

憶えているかぎり、ぼくはずっと雪が好きだった。でも、そのころぼくは養老院の老人たちからお金をもらっていたし、老人たちは雪で足をすべらせることをおそれていたから、雪はもうぼくにとっても、不安なものでしかなくなった。ぼくのかせぎはどんどん減ってゆき、かぎりなくゼロになった。なにかべつのことを探さなければならなかった。つまり、べつの仕事という意味だ。ぼくはそのことをボルグマンに話してみた。外では初雪がとけかかり、ぼくたちはコーヒーを飲んでいた。ボルグマンはぼくのいう意味がよくわからなかったらしく、カップのなかを悲しそうにのぞきこんでいた。ぼくは、ボルグマンにそんな話をしたことが恥ずかしくなった。まるでボルグマンからコーヒーを盗《ぬす》んでるような、いやな気持ちで飲みものをすすった。

あくる日、ぼくはコーヒーを一缶買った。だれもが知ってる銘柄《めいがら》で、すごく高いやつだ。どうぞといって差しだすと、ボルグマンはきまりわるそうに笑いながら遠慮してみせた。自分より年上の人に遠慮されたりすると、どうしていいかわからなくなる。ぼくはいそいで目をそらし、窓の外をながめた。中庭の小径がようやく乾きはじめていた。

その日の午後は、いちども散歩に呼ばれなかった。それでもぼくらは新しいコーヒーをいっしょに飲んだ。おいしいコーヒーだった。ふたりともおかわりした。不思議なことに、その午後は、黒とピンクの幽霊が家に入ってきたかどうかは憶えていない。

はじめて雪がふった日、ぼくはディ・ガッソを憎むようになった。冬がはじまっても、ぼくの貯金はまだトビの値段の三分の二しかたまっていなかった。なのにディ・ガッソは、トビの値段をけっして下げようとはしなかったのだ。きっと安く売るくらいなら、凍え死ねばいいと思っていたんだろう。ディ・ガッソは、ドラム缶に手をかざしてあたためていた。そばには、つかいきれないほどの木切れの山。ラジオの電線がまたつながっている。電線には雨よりも雪のほうが危険が少ないのだろう。たき火はあたたかいし、ラジオも聞ける。ディ・ガッソはすっかり満ちたりた様子をしていた。ディ・ガッソにとっては、トビが売れても売れなくてもどうでもいいような気がした。

そのときぼくは、鳥籠の横にしゃがみこみ、うっすらとつもった雪をふみしめながら、ディ・ガッソを憎んでいた。もくもくとけむりを吐きだすたき火を見つめながら、その火を憎んでいた。

トビがゆっくりと首をまわし、ひらりと眼を動かした。ぼくはすくっと立ちあがり、ディ・ガッソには見むきもせずに店を立ち去った。ブレシア通りをどんどん歩くうちに、悔やしさがこみあげてきた。ぼくはなんだって、あんなに高いコーヒーを買ってしまったんだろう。

うちの前の通りにつくと、ボルグマンの顔が思いうかんだ。うれしそうにコーヒーを飲んでいたボルグマンの顔。ぼくはなんだか胸がいっぱいになって、コーヒーの値段のことなど気にしたことを後悔した。

うちへつづく階段にはぬれた足跡がてんてんと残り、通路には水たまりができていた。足跡は、階をひとつあがるたびに減ってゆく。ぼくのうちがある最上階にはなんの跡もない。もちろん、ぼくが足をのせる前は、だけど。

父さんは、初雪のことをきこうと、寝室でぼくを待ちかまえていた。ぼくはどれくらいふったか、どれくらいの固さだったかを説明した。父さんは興味深そうに聞いていた。まるで雪がどんなものなのかすこしも知らないみたいに。そのときの父さんは、生まれてからいちども雪を見たことがない人に、ちょっと似ていた。

雪がとけると、それから二週間はからっと晴れた、寒い日がつづいた。ぼくはすこしお金をかせぐことができた。でもそのあとはまた雪になり、三日間ふりやまなかった。最初の二日間、ぼくは家にとじこもった。三日目の朝、うちを出て、ブレシア通りへ行った。ディ・ガッソが店をひろげる場所はからっぽで、雪がつもっていた。ぼくはトビをひとめ見ようと、柵の下から中庭をのぞいてみた。でも、柵には錠がおろされ、商品にはシートがかけてあったので、なにも見えなかった。

そこから立ち去ろうとしたとき、ぼくは、あのトビの幻を見たのだった。シートの下で硬直し、ぴくりとも動かないトビ、まるで剝製《はくせい》のようなトビを。ぼくはなにがおきたのかわからないままぼうっとその場に立っていた。それから養老院にむかって歩きだした。

ボルグマンが雪かきのスコップを足にはさんで、ベンチに腰かけていた。庭の小径の雪かきを半分すませたところだった。ボルグマンはぼくを見ると、あとからあとからはげしくふってくる雪のむこうからにっこりと笑いかけた。ベンチの雪をふいてくれたので、ぼくはとなりにすわった。ぼくらはしばらくのあいだそんなふうにならんですわり、ふりしきる雪を黙ってながめていた。ときどきボルグマンがスコップの柄《え》を手にはさんでくるくるとまわした。空を見上げることもあった。ぼくもなんども空を見ようとしたけれど、すぐに雪が目に飛びこんできた。

コーヒーでもどうかね、とボルグマンがいった。うちで飲んできたばかりですから、とぼくはこたえた。ボルグマンが腕をすっと前にのばした。てのひらに雪がつもってまっ白になると、雪は好きだ、とぽつんといった。ぼくも、ここではたらく前は好きでした。でもいまはあんまり。お年寄りは雪をこわがるから。そう返事をすると、わかるよ、とボルグマンがいった。

ぼくらはまた黙りこんだ。ボルグマンがベンチから腰をあげかけ、すぐにすわりなおした。そしてそのとき、ぼくは知らされたのだった。いつも色鮮やかなスカーフを手にしていたおばあさんが亡くなったことを。ぼくはかなしかった。それまでボルグマンが知らせてくれた、どの老人の死よりもずっと。ぼくにはわかった。いつもよりかなしく感じるのは、あのおばあさんがぼくに美しいリスの話を聞かせてくれたからだということが。まるでリスの話のせいで心が痛むみたいで奇妙だけれど。そう、それはほんとうにへんだった。養老院を出てからうちに着くまで、ぼくはリスの話のことしか考えられなくなったのだ。いったいどうしてなのか、ぼくは父さんと話しあってみたいと思った。でも、結局、その話はしなかった。

次の日、雪はやみ、きれいな青空がひろがった。きょうはすこしでも仕事がありますようにと願いながら、ぼくは養老院へいそいだ。

ボルグマンとコーヒーを飲んでいると、窓ごしに、あのおばあさんの飼っていた犬が老人たちと遊んでいるのが見えた。老人たちは中庭をかこみ、楽しそうに犬を呼んでいる。犬はあちこちのベンチを行ったり来たりして、ボルグマンがつくった雪だまりのあいだを駆《か》けまわっている。

門の前には、青と灰色の車が駐《と》まっていた。その車の前には霊柩車《れいきゅうしゃ》。老人たちは、そのおそろしい光景を見ているより、犬と遊んでいたいのだろう。もうまもなく霊柩車から柩《ひつぎ》が下ろされるはずだ。でも、ぼくはそんなところにいあわせたくなかった。たぶん、またあのリスの話を思いだして、かなしくなっていたから。きのうから、なんどもなんども思いかえしているのに、きょうもまた。やっぱりへんだ、とぼくは思った。ぼくはボルグマンに、きょうははやく帰らなくちゃいけないのでとことわって、外に出た。

除雪車が、歩道のあちこちに山のような雪をつみあげていた。ブレシア通りに行くと、いつも店があるところにできた巨大な雪だまりを、ディ・ガッツォがぽかんと見つめている。赤と緑の格子柄のおかしなマフラーを首に巻いて。車道に棒立ちになり、つまさきで雪だまりをとんとんとけとばす。雪は、夜のあいだにかちかちに固まっている。ぽかんとした顔がこちらをむき、また歩道をむいた。ぼくは、トビを見せてくれませんかとディ・ガッソにきいた。

「なんだって?」

いいながらも、雪だまりから目をはなさない。

「トビを見せてくれませんか」

ディ・ガッソがふりむいた。目にはなんの表情もなかった。というより、その目はぼくを通りこしていた。まるで、ふりかえっても、そこにはだれもいなかったとでもいうように。とつぜん、ぼくはトビが死んでいるすがたを見た。真正面にいる、うつろな目をしたディ・ガッソとおなじくらいはっきりと。でも、ディ・ガッソはただだっと雪だまりを駆けあがり、まただだっと駆けおりて、そのまま建物のなかに入ってしまった。

その夜、父さんがトビ捕りの話をしてくれといった。もうなんども話したじゃないかといいかえすと、父さんはやさしい口調でたずねた。「いまでもトビを買いたいと思ってるのかい?」もちろんだよ、とぼくはいった。トビをほしいという気持ちにかわりはないんだ。でも、きっとお金がたまらないうちに死んじゃうんだよ。父さんは、そんなことない、きっとだいじょうぶだといってくれた。ぼくは父さんを信じたかった。でも、父さんが同情からそういってるだけなのだということはわかっていた。そう、ぼくへの同情、トビをほしいという気持ちへの同情……。

「外がどれくらい寒いか、知ってる?」

だしぬけにぼくはたずねた。まるでディ・ガッソに話しかけるみたいにうらみがましく。

「さあ、わからないな」

父さんの声はおだやかだった。

ぼくは、ことさらゆっくりといった。

「さむいんだ」

あくる日、寒さはさらに厳しくなった。朝の気温は氷点下まで冷えこんだ。でも、午後になると、すこしだけ上がった。

養老院の中庭は人気《ひとけ》がなく、ひっそりとしていた。ボルグマンの家に行くと、亡くなったおばあさんの犬がテーブルの下にうずくまっていた。頭を前肢《まえあし》にのせ、ぐったりとしてみえた。

ぼくが入ってきても、ボルグマンはなにもいわず、すぐにコーヒーを淹《い》れはじめた。いつもの時間よりずいぶんはやい。ぼくは窓辺に行って、庭を見張りはじめた。こんな日に庭に下りて、樹の下を散歩しようとする人はいないだろうなと思いながら。

犬がのっそりと起きあがってドアの前に行き、またうずくまった。ぼくは、この犬を飼うんですかとたずねた。ボルグマンは、そそぐばかりになっていたコーヒーポットを手にしたまま、声をあげた。

「なんてことだ！」

「なにが、どうしたんですか？」

ボルグマンはポットを流しにおいてテーブルについた。そして、どうしてこんなことに、というと、それきり口をつぐんでしまった。かたく組みあわせた両手をくいいるように見つめている。ぼくはボルグマンが口をひらくのを待った。でも結局、ぼくのほうからなんのことを話しているのかきいてみた。ボルグマンはぼくをじっと見つめて、こっちにすわらないかといった。ぼくは窓辺をはなれて、むかいに腰をおろした。ボルグマンの目は、まるきり放心状態だった。ぼくが椅子にもたれているあいだ、ボルグマンはいちど目を閉じ、また開けた。

つぎにその目が注がれたのはテーブルの上だ。まるでこれから宙に浮きあがるとか、そのテーブルになにかとんでもないことが起こるのを待っているみたいだった。

ひとしきり時間がすぎた。ぼくは待ちくたびれてきた。そしてだんだん不安になってきた。きっと、ボルグマンはぼくになにかを知らせようとしているんだ。でもいったいなにを?……。なにかぼくにお話ですかとまた質問してみた。ボルグマンはテーブルから目をあげ、ぼくのうしろの窓をじっと見つめた。ふたたびボルグマンが口をひらくのを待つうちに、不安はどんどんふくれあがった。

ついにボルグマンが話しはじめたとき、ぼくは一瞬、息がとまりそうになり、それから不安は消えていった。

ボルグマンはこう切りだした。「老人たちは知ってるんだよ。ここで二度、子猫をおぼれさせたことを。だれが金をはらったのかということも」ぼくは思わずきいた。でも、どうして知ってるんです？　そんなこと、だれにもわかりっこないのに。ボルグマンにもその理由はわからなかった。

ぼくは席を立って窓辺に行った。だれか散歩に呼んでる人はいないだろうか、というそぶりで。でも、ほんとうのところ、ぼくは居心地がわるくなっていたのだ。もうテーブルにはもどりたくなかった。それからぼくはずっと窓辺にはりついたまま、話のつづきを聞いた。ボルグマンは、老人たちがその子猫のことを、亡くなったおばあさんの息子たちにしゃべったのだといった。

青と灰色の車が目のまえをさっと走りぬけた。まるで一枚の写真がふるい記憶をよびさますみたいに。

そのあとボルグマンが沈痛な声で語ったのは、その息子たちが犬を綱につないで自分に会いに来たときのことだった。息子たちはボルグマンにこういったという。ここでは、ちょっとかわったサービスをしているそうじゃないか。なかなかおもしろいサービスだね。いや、じつをいえば、わたしたちはこの犬を飼えないんだよ。もうこんなに老いぼれだし、かわいそうだろう？

ボルグマンがしだいに声をふるわせながら話をするあいだ、ぼくはドアの前にねそべっている犬を見つめていた。その犬が老いぼれだったことはたしかだ。でも、それほどかわいそうなのかはわからなかった。そんなこと、どうしたらわかるんだろう。

ボルグマンが黙っているので、ぼくのほうからたずねた。

「それで、返事はなんて？」

「そのサービスはもうやってないと」

「そしたら、息子たちは？」

「葬式がすんだらまた来るといった、それまでに考えなおしてくれと」

「ぼく、この犬は殺せません」

そんなことはだれもいっとらんよ、とボルグマンがぼそりといった。

ボルグマンの家を出ても、ぼくはどこに行けばいいのかわからなかった。ブレシア通り？　それともこのままうちへ？……もうすっかり陽は落ちていた。ぼくは養老院の通りをはずれた。

ふと、アジアゴ通りへ行って、噴水にどんな鳥の石像が立っているのかたしかめてみようかと思った。でも、ぼくはその方向にはむかわなかった。あまりに寒くて、とても行く気になれなかったのだ。ただ、それしか方法が思いつかなかった。息子たちがボルグマンに持ちかけた金額を頭から追いはらう方法が。

寒かった。ぼくはからだをあたためるために歩いた。そのお金さえあれば、トビが手に入る。あたらしい鳥籠だって買うことができる。鳥籠が目の前でくるくるとまわりだした。その鳥籠はトビが翼をひろげられるくらい大きくて、ふとい留まり木と水桶がついていた。

知らない通りをいくつもまがった。ひたすら歩きつづけた。もう鳥籠しか見えなかった。ほそくて白くてきれいな格子。そのなかでトビが眠りたくなるような……。

足をとめた。あたりがうす暗い。さっきよりもからだがあたたまっている。ぼくはズボンのすそを長靴に入れようと身をかがめた。いま自分がどこにいるのか、まるでわからなかった。

ぼくは頭をおこした。と、その瞬間、トビがほしいという思いがからだの奥から激しくつきあげ、きりきりと胸をしめつけた。ぼくは知らない家のドアにもたれかかった。そしてゆっくりと息をすって、星を見ようと空をあおいだ。すこしずつ胸がらくになった。建物の上からだれかが怒鳴《どな》り声をあげた。いそいでその場をはなれ、最初の角をまがった。遠くに見覚えのあるネオンサインが見えた。下までたどりついた。汗びっしょりだ。頭の上でちかちかとネオンがまたたき、ぼくの手を彩《いろど》った。

緑……白……緑……

あんな犬がなんだよ、もう老いぼれだし、くたびれてる……でも、ぼくのトビは元気いっぱいなんだ……

白……緑……白……

雪道を一回歩くだけで、樹の下の散歩数回ぶん……ずっと簡単だ……

白……緑……

元気いっぱいなんだ……

ぼくは出発した。

ボルグマンの家の窓からあかりがもれていた。仕事はもう終わったようだ。ぼくはこつこつとドアをたたいた。ドアをあけたボルグマンは、びっくりした顔でぼくを見つめた。ぼくたちがそんなに夜おそい時間に会うのははじめてだったのだ。ぼくはいった。あしたの朝、犬をむかえに来ます。ボルグマンがすっと目をふせた。ぼくはかまわずつづけた。何時ごろ来ればいいですか？　ボルグマンがいった。何時でもかまわんよ、いつも早起きだから。

「わかりました。じゃあ、あした」

「ああ」

そういいながら、ぼくたちはその場をうごかなかった。

ボルグマンが、ちゃんと聞いてるよ、とそぶりをした。

「ボルグマンさん！」

「トビがいるんです。ぼくが買ってあげないと、凍え死んじゃうトビが」

「そりゃ大変だ」

ぼくは力づよくうなずいた。そして、ボルグマンがトビの話をうながすのを待った。にこにことボルグマンを見つめ、心のなかでこう思いながら。さあ、もういつでも説明できるぞ、ぼくがどんなにトビをほしいと思っているか。さっきネオンの下で考えたことだって話してもいい。

ボルグマンは目をしょぼしょぼさせながら、黙ってぼくを見ていた。ドアの把手《とって》をにぎったままで。上にシャツ一枚だけはおって。寒さですこしふるえて。そうして、おそろしく黙りこくって……。ぼくはこういうしかなかった。

「ボルグマンさん！」

「なんだね」

「ドアをしめないと、部屋が冷えますよ」

ボルグマンが、ぼくの肩ごしに、ちらりと外を見た。

「部屋が冷えます」

ぼくは敷居の外に、一歩さがった。ドアがしずかに閉められた。ぼくの鼻先を、あたたかな空気がふわりとかすめた。

うちに着くと、両親が父さんの部屋で帰りを待っていた。母さんは窓に背をむけて立ち、ぼくが部屋に入ってきたのを見ると、両手を頬っぺたにおしあてた。父さんはほほえみながら前を見つめた。ぼくは肘掛椅子にすわった。一匹の獣《けもの》が吊り天井をさっと駆けぬけ、なにかをひっかきはじめた。ぼくは獣がしずまるのを待ってから、ボルグマンさんに夕食をごちそうになってたんだ、といった。母さんが両手を頬からはなし、ぼくの椅子のまえに来て、オーバーをぬがせてくれた。長靴もぬがせようとしたので、このままでいい、靴を履《は》いてたほうがあったかいから、とことわった。それは、父さんのものだった革製の長靴だ。ぼくが履くようになって二度めの冬だった。靴をみがくのを忘れるな、と父さんがいった。うん、忘れないよ、とぼくは返事をし、そのままこうつづけた。あしたの夜、お年寄りたちがボルグマンさんとぼくを招待してくれたんだ。食堂でドミノをするんだって。帰りはおそくなるからね。

母さんはオーバーを腕にかけたまま、まだぼくの前に立っていた。ぼくは母さんと目をあわすことができなかった。こんなふうに、途方にくれたように母さんがいつまでも前に立っていたら、ぼくはもうたまらなくなってわっと泣きだしてしまうだろう……そう思っていた。そうしてたっぷり一分は過ぎただろう。母さんは部屋を出ていってくれた。ほっとしていると、すぐに父さんがいった。

「母さんがひどく心配してたぞ」

父さんも心配したの、とぼくはきいた。

「あたりまえじゃないか」

ほんとうは心配しなかったといってほしかったけど、そのことは口にはしなかった。そんなことより、ぼくは父さんに教えてほしかったのだ。以前、父さんが経験したことで、ふつうならつらくなるはずなのに、そうは感じなかったことっていったいなんだったのかを。ぼくは、父さんがしたことと、これから自分がしようとしていることを較《くら》べてみたかった。あした、ぼくがどんな孤独を感じることになるのか、知りたかった。

それをどうやってほのめかそうかと考えていると、父さんがゆっくりと寝返りを打ってこちらをむき、両手に頬をのせた。父さんがその姿勢になることはめったになくなっていた。ぼくはなんだかうれしくなって、どうやってほのめかそうかと考えるのをやめた。

父さんはぼくの顔をつくづくと見てから、トビは元気かいときいた。元気だよとぼくはこたえ、そしてぼくのほうから、トビ捕りの話を聞きたい？　とたずねた。父さんは、「ああ、いいね」とみじかくこたえ、それからすぐこういいなおした。「ああ、聞きたい、ほんとうに聞きたいよ」父さんはあかりは灯けたほうがいいだろうか？　それとも消したほうが？

きっとどちらでもかまわないだろう。ぼくはランプを消した。それでも部屋にはうっすらとあかりが残った。台所からあかりがもれて、ドアのまわりをぼうっと照らしだしていた。

トビの話をはじめると、台所からもれてくる光が変化して、幕をかけたようになった。きっとドアのむこうで、母さんが話を聞いてるんだ。ぼくはちょっといやな気持ちになった。でも、その話はとてもながくなったので、いつのまにか廊下に母さんがいることを忘れてしまった。

その夜は、単純でのんびりした話にした。父さんもそんな話を聞きたがっているようだった。ぼくは話しながらなんども父さんの顔をうかがった。そのたびに、つづけてという合図がかえってきた。父さんは、男がトビと対決しながら声援をおくるところで眠ってしまった。それでもぼくは最後まで話した。結末の場面――男がトビをつれて家に帰るところ――を終えると、ぼくもいつのまにか椅子にすわったまま眠りこんでいた。目を覚ますと、家じゅうのあかりが消えていた。

ランプをつけたほうがいいだろうか、とぼくは考えた。こんな時間になってもまだ、父さんは目を覚ますだろうか、暗闇をこわがることがあるだろうか、と。いや、つけないほうがいい。父さんはもう目を覚ましたりしないだろう。たぶん、もう真夜中なんだから。

ぼくは立ちあがり、暗闇のなかを手さぐりで台所にむかった。廊下に出ると、さっきドアのうしろで、母さんがトビの話を立ち聞きしていたことを思いだした。母さんが最後まで聞いてくれたのかぼくはすごく気になった。そして聞いてたらいいな、とちょっと思った。ちょっとそう思ったら、なんだかうれしくなった。今夜はやっぱり、単純でのんびりした話にしてよかったんだ。

ぼくは台所で見つけたものを食べた。それからベッドに腰かけ、長靴を靴墨《くつずみ》でていねいにみがいた。靴墨がしみこむと、ぴかぴかになるまで布でふいた。

ベッドに横になった。ながいこと寝つけなかった。いつもならトビのことを考えているうちにことりと眠ってしまうのに。でも、その夜は、いつものようには考えられなかった。もうすぐトビが自分のものになると思うと、たまらなくこわくなった。まるで、すごく高いところにおいてあるうすいガラス製の優勝カップを手に取ろうとするみたいに。

目を覚ましたとき、まだ夜は明けていなかった。台所はしずまりかえり、なんにも見えなかった。靴墨のにおいがしていた。

睡眠はたっぷりとった。気分は落ちついてるし、体調もいい。長靴は暗がりのなかでぴかぴかに光っている。やっぱりみがいてよかったとぼくは思った。きょうという日を信じようと思った。

ふと、ゆうべ見た夢を思いだした。リスの夢だ。リスが白い樹をするするとのぼっている。毛はもちろん赤茶色。だからまっ白な枝の奥に入りこんでも見失うことがない。夢を見ているあいだは、とても心地よかった。でも、目が覚めてしまうと、それがおばあさんのリスだったことがわかり、あまり心地よくなくなった。

ぼくは暗闇のなかに横たわり、「なにも考えないこと」ができるかどうかやってみた。むずかしい。つぎに、あのことを考えないように、トビが飛んでいるすがたを思い浮かべようとした。でも、なんどやっても、トビはほんの数秒飛んだだけで、ぱっと消えてしまう。空はからっぽになり、ぼくの頭はあのことにもどってゆく。

　夜が明けると、まわりの壁が見えてきた。壁と天井のつぎめをじっと観察しているうちに、ぼくはおかしな空想にふけりだした。犬とぼくが天井をぐるぐるまわっている。一周目、二周目、犬は元気よく歩いている。そして三周目、犬はくたびれてくる。そのすきにぼくはどんどん犬をひき離す……。ふいに我にかえった。なんていやな空想をしてしまったんだろう。ぼくは窓のほうにごろっと寝がえりをうった。

　夜明けの空が白くなった。ぼくはまた眠気におそわれないように、ベッドから起きあがった。そして朝ごはんを食べ、着がえをした。

　服は何枚もかさね着し、ポケットに食べものをいれた。

　玄関を出ると、なるべく音をたてないようにそっとドアを閉めた。通路はまだうす暗かった。ぼくはひっそりとした暗い階段をおりていった。左手を手すりにそえて。そうだ、まっ暗な階段はこうやっておりればいいんだ。ぼくにはちっともむずかしいことじゃない。今夜、母さんに会ったらいってみよう。手すりにつかまって階段をおりてみてって。自動消灯スイッチをいれないでって。

通りに出た。太陽が昇りはじめていた。気温は氷点下十度くらい。空の底が水のように青く澄んでいる。

でも、ぼくがそういっても、わからないふりをするかもしれないな。そうだ、きっとどこのスイッチのことをいっているのってきくだろう。そしたらぼくはこうこたえる。ほら、よく知ってるやつだよ、母さんさえよければそのスイッチを見にいっしょに通路に出てみようよって。

通りに人影はまばらだった。養老院に到着すると、ぼくは門の前でオーバーのボタンをはずした。そしてボルグマンの家のドアをノックした。あいてるよ、という声がしたので、なかへ入った。犬はテーブルの下でねそべっていた。犬のにおいとコーヒーの香りが部屋のなかにいりまじっていた。

テーブルの上には、ポットをはさんで二つのコーヒーカップがおいてあった。ぼくのカップのそばにはお金。封筒からおさつがはみだしている。ボルグマンが寝室からでてきて、さあおかけ、コーヒーにしようといった。ぼくの椅子の背もたれに、さきっぽが首輪になった革製の綱がかけられていた。

ぼくたちはコーヒーを飲んだ。しずかだった。いつもとは違う種類のしずけさだった。その奇妙なしずけさのもとは、テーブルにかくれて、ふたりのあいだにねそべっている犬であるような気がした。

ぼくはコーヒーを口にはこびながら、いったいいつお金を取ればいいんだろうと考えていた。でも、いくら考えても見当がつかなかった。結局ぼくが手をのばしたのは、席を立って、綱をつかんだあとだった。

そうして、ぼくは封筒をつかみ、オーバーのポケットにしまった。それからしゃがんで、犬に首輪をつけた。姿勢をもどすと、いつのまにかボルグマンも立ちあがっていた。ぼくたちはテーブルの上でむかいあった。ボルグマンがなにかぼそぼそいったけれど、よく聞きとれなかった。それでもぼくは、そうですねと返事をした。どうせそのことばは、ぼくを困らせるか、いやな気分にさせるかのどちらかだろう。そんなことばをくりかえされるのはいやだった。かるく綱をひっぱると犬がむくっと起きあがった。そのまま綱をひいてボルグマンの家を出た。養老院の前の通りで、犬の綱をひざにはさみ、オーバーのボタンをしめた。そして綱をにぎりなおし、駅の方向へむかった。

駅のまえに、小さなかごを燃やしている男がいた。かたわらにかごをひと山つみあげている。大きな雪だまりのすそのあたり。火のまわりだけ雪がへこんでいる。かごが燃えつきるまでのわずかな時間、暖房がわりにしているのだろう。男はその火にじいっと見入りながら、ビスケットをかじっていた。ぼくの大好きなやつだ。男はあたらしいのを一枚つかむと、ちらりとこちらを見た。

駅の構内へ入った。寒さは外とかわらなかった。勤め人らしい男が、改札のむこうで本を読んでいる。一瞬こちらに目をあげたけれど、ぼくがまっすぐプラットホームへむかうのを見ると、すぐに視線を本にもどした。

ホームにはだれもいなかった。目に入るのは、列車に乗りこんだ人たちばかり。黄色い車両がつらなった列車だ。その列車に乗ろうとでもいうように、犬が綱をひっぱった。ひっぱられるまましていくと、犬は線路に落ちているものをくんくんと嗅《か》いだだけだった。

とつぜん、列車がシューッと蒸気を吹きあげ、犬をおびえさせた。列車はホームに沿ってすべりだし、駅舎からぐんぐん遠ざかった。そして、たちまちひろびろとした空間へぬけた。その空間の一点をめがけて何本もの線路が集中している。除雪された線路もあれば、雪がつもったままの線路もある。黄色い列車の最終車両が見えなくなった。

地平線上に、小高い丘陵《きゅうりょう》があった。

ぼくはいくつもの線路のなかから丘陵のほうへのびている一本をえらんだ。その線路をえらんだのは丘にむかっていたからでもあるし、除雪されていなかったからでもある。雪のつもった線路なら、列車が走りっこないと思ったのだ。ありがたいことに、雪はかたくて歩きやすかった。線路の道すじを、見わたすかぎり遠くまで、はるかむこうにある丘のふもとまで、くっきりとしめしてくれてもいた。まるでどこまでもまっすぐで、てっぺんのたいらな雪だまりの上を歩いている気分だった。レールも枕木も雪にかくれて見えないし、足でふんでもでこぼこしない。きっと駅から出発しなければ、鉄道線路の上を歩いているなんてわからないだろう。

犬はしずかに、ただもくもくと歩いていた。綱につないではいたけれど、もういつ放してもよかった。

丘は想像していたよりはるかに遠かった。十五分歩いても、ちっとも近づいた気がしない。丘はくらい深緑色をしていて、よく目をこらさなければ、黒い丘に見えた。

そのときまわりにあったもの。遠くにそびえたつ黒い丘。すっぽりと雪にうもれて、ながいながい雪だまりにも似ていた線路。そして犬いっぴき。でもそのとき、犬は数に入れなくてもよかった。綱をひっぱることもなかったし、しずかに、ただもくもくと歩いていて、まるでそこにいないようだったから。それから、線路の両側には畑があった。でも、それも数には入れない。どうしてかというと……どうしてだろう？　そう、ひょっとしたら、それは畑じゃなかったかもしれないから。じっさい、それが畑だろうとなかろうと、ぼくと丘のあいだに何キロもの道のりがあったことにはなんのかわりもなかった。でも、不思議なことに、そのことが――これから雪だまりのてっぺんを何キロもたどっていかなければならないことが——ぼくをとても幸福な気持ちにしてくれた。

丘のむこうに太陽がのぼると、ぼくはいっそう幸福になった。服を何枚もかさね着してきたおかげで、からだじゅうがぽかぽかとあたたかかった。ぼくは、まっ白な雪だけ見つめたいときは下をむいた。顔を上げると丘が見えた。そんなふうに下をむいたり、上をむいたりしながら、百メートルぐらい歩いた。そのあいだ丘はずっと黒くて、遠かった。

とつぜん、幸福感がぷつんと途切れた。べつに犬が綱をひっぱったわけじゃない。犬はあいかわらずそこにいないようだった。とくべつなことはなにもなかったし、おかしなことを思いついたわけでもなかった。それはただ、そんなふうにぷつりとやんでしまったのだ。だけど、かなしくはなかった。不思議なくらい幸福な気持ちをおぼえる前に戻っただけなのだから。

立ちどまって、うしろをふりかえった。駅からの距離はじゅうぶんある。そろそろ犬の綱をといても大丈夫そうだ。もう走りだすことも、駅やどこかの通りでばったり会うこともないだろう。ぼくは犬を綱からといてやり、綱をポケットにしまった。

また丘にむかって出発した。犬はぼくの先を小気味よい足どりで歩いている。雪にうまった玉砂利《たまじゃり》のまんなかだ。ときどき線路の右へ左へとふらついて、空気のにおいを嗅いでいる。

もう駅よりも丘のほうに近くなっていた。ぼくはオーバーの前をあけた。なんの音もたてなかったし、立ちどまりもしなかったのに、犬がうしろをふりかえった。

丘の上空にゆらゆらと立ちのぼるものが見えたとき、ぼくはてっきり雲だと思った。ところが、それはけむりだった。のぼりはじめは重たそうな太いうずまき。それがふわっと軽くなった瞬間、ほそい淡い糸になって、まっすぐ空へすいこまれる。

丘に入ると、太陽がカラマツの林にかくれた。犬はもうぼくのうしろを歩いている。けむりがどこから出てくるのかはまだ見えない。線路がカーブにさしかかった。すごくながくて、ゆったりしたカーブ。足もとだけ見ていると、あいかわらずおなじ方向へまっすぐすすんでいる気分になる。

目を上げた。線路の両側に、カラマツの林がひろがっている。すてきなながめだな、とぼくは思った。遠くから見ていたときほど暗くないし、不気味でもない。樹木の茂ったこんな丘に来るのがきょうはじめてじゃなくて、もっと早くから知っていたら、トビ捕りの舞台をここにしただろう。男とトビがここにいる。まわりはカラマツの林、そのむこうは谷。敵から身をかくすところがたっぷりだ……。

ながいカーブをすぎると、さっきのけむりの出所が見えてきた。一台の貨物車両の屋根に突き出た煙突から吐《は》きだされているのだ。煙突は金属のかさをかぶり、さらにそのかさの上に、煤《すす》でまっ黒になった木彫りの花が一輪ささっている。車両がおかれている場所は、線路の上じゃなくて、土手よりも下の、最前列のカラマツのかげだ。

雪の上に足跡が残っていた。車両のドアから線路の上までつづいている。ドアの奥に目をこらしてみたけれど、うす暗くてはっきりとは見えなかった。

ドアの両側には小窓もあった。片方にはカーテンがさがり、もう片方には木製のよろい戸がついていて、ロープでしっかり固定されている。きっと風が吹くたびにばたばたと音をたてるんだろう。

犬がぼくを追いこした。だれかこっちを見ている人でもいるのかと、ぼくはうしろをふりかえった。だれもいなかった。目の前にはあいかわらず丘がそびえている。車両を見ようと歩いていたら、いつのまにかずいぶん遠くに来てしまっていた。

太陽がまた顔をだした。アジアゴ通りの噴水のことを考えているうちに、樹々のむこうへ昇った。すぐに気温があがってきた。ぼくはオーバーの下に着ていたシャツのボタンをはずして、また噴水のことを考えはじめた。鳥のくちばしから流れる水はもう凍っているのかな……。

線路が二度めのながいカーブにはいった。ぼくたちは丘をぬけた。

丘のむこうは平原だった。平原のさらにむこうには、山なみがひろがっていた。頂《いただき》の白い、うつくしい山なみをながめようとぼくは足をとめた。ふいに、線路のはるか上空に鳥の群れがあらわれ、ぼくの目をうばった。

犬は、ぼくが立ちどまっていることには気がつかない。もう百メートルぐらい先をひとりで歩いている。ぼくは息をころした。鳥の群れが飛び去った。犬はどんどん遠ざかった。こうしてこ、とは終わっていくんだ、とぼくは思った。

犬は山のほうへむかっていた。ぼくらをへだてている距離は三百メートルか四百メートル。ぼくはそのとき、鳥の群れが飛んでいるすがたをもう一度見たかった。鳥のことで頭をいっぱいにしてしまいたかった。どんどん離れていく犬を、そんなふうにただ見ているのは耐えられなかったのだ。口のなかがからからだった。しゃがんで、すこし雪を食べた。犬はすっかり小さくなって、もうキツネと見わけがつかない。

なんとなく、犬のスピードがおそくなったような気がした。確信はなかったけれど。もうその距離からでは、はっきり見えなかったのだ。ぼくはそこに立ったまま、じっと目をこらした。そうだ、もうまちがいない。犬はおそくなってるんだ……。ついに犬がとまってしまうと、ぼくは立ちあがった。そのとたん犬がうしろをふりむき、むくがはやいかこっちにもどってきた。ぼくも犬のほうへむかった。ぼくらがふたたびいっしょになったとき――というより、いっしょになった瞬間、犬はくるりとまわってまた歩きはじめた。

線路の両側に、雪が青みがかっているところがあった。どうして青く見えるんだろうと原因をさがすうちに、ぼくは線路の片側へおりてしまった。かがみこんで、青い雪をしらべる。近くで見ると、そんなに青くはない。線路を駆けおりたときに音をたてたので、犬が立ちどまっている。犬にうしろを見まもられながら、ぼくはがりがりと雪をけずった。雪の下からでてきたのは氷、凍った沼だ。この沼のせいで、雪が青く見えたんだ。氷のなかに、黄色い水草と泡がとじこめられていた。

ぼくは線路にもどり、また出発した。

寒くなってきた。手をこすりあわせながら、まわりを見まわした。はるか前方には山、後方にはまた暗くなってきた丘、そして線路の両側には青い沼。ぼくはかじかんだ手をあたため、服のボタンをしめた。そして、そんな動作をしながら、トビ捕りの舞台をここにしたらどうだろうと考えた。うん、こいつはすごいぞ。丘なんかよりずっとすごい。線路が走っている土手をべつにすれば、ここには数キロ四方なんにもない。男もトビも、敵からかくれようと悪戦苦闘するんだ。いっぷう変わった、おもしろい話になるぞ……。

ふと、犬の足どりに目をやった。駅を出たときよりも歩きづらそうにしている。ぼくはこういってやりたかった。「そんなにあわてなくていいんだよ。ぼくたちはちっとも急いでないんだからね」そんなことを犬にいうなんてばかみたいだけど。

太陽はまだ昇っている。ぼくらの斜め前に、そしてとても遠くに。それでも平原はすっかりあたたまっていた。雪の結晶がきらきらとかがやき、ふみしめるたびにさくさくと鳴る。あたりにひびくのはぼくの足音だけ。なにしろ犬はすこしも音をたてずに歩いていたから。


ぼくたちは一時間歩きつづけた。おそろしくながい一時間だった。あたり一面、見るものといえば青い雪しかない。おまけになんの物音もしない。そう、ぼくの足音をのぞいては。でも、その足音も、だんだん静寂の一部になった。山をながめるのはやめた。永久にたどりつけそうもないくらい遠くに思えたから。ぼくは数メートル先を見ながら歩いた。ときどき犬がおくれて、視界に入ってくる。そうするとぼくもスピードをゆるめる。犬が視界の外にでる。

ちょっと休けいしようと思ったけれど、犬をなんて呼べばいいのかわからなかった。またひとりで歩いていく犬を走って追いかけた。足音を聞きつけて、犬が足をとめた。

犬はそのままぐったりとうずくまった。ひどく早い息をして、雪の上によだれをたらしている。ぼくもそばに腰をおろすと安心したらしく、脇腹を下にしてねそべった。前肢をなめ、雪をかじった。そして目をつむって、すこしのあいだ眠っていた。

また出発した。そして、なぜだか、ぼくは走りだした。犬を追いこすと、おくれまいとついてくる足音が背中に聞こえた。

足をとめたとき、ぼくは息が切れ、水がほしくてたまらなかった。雪をすこし口にいれた。犬が追いついてきた。やっとのことで歩いている足どりを見て、ぼくは走ったことを後悔した。たまらなく恥ずかしくなった。でも、すぐにこう思いなおした。ぼくの望んだとおりにこと、はすんでるんだ。走ったことを後悔したり、恥ずかしく思ったりしちゃいけないんだ。

犬がやってきて、ぼくの足もとにねそべった。ぼくはポケットからパンをだし、鼻先にさしだした。くんくんと匂いを嗅ぐだけで、食べようとはしない。ぼくはパンをポケットにしまい、出発する前に犬を休ませてやった。

それから三十分ばかり歩いた。そのあいだ犬はぴったりとなりについていた。ぼくは犬の足どりに歩調をあわせた。疲れているかどうかは見ないようにした。あんまり気にしすぎちゃいけないんだと思っていた。

ぼくはといえば、ちょっと疲れてきていた。足が痛い。お腹もすいてきた。もうお午《ひる》をまわっているころだろう。太陽が黄色くてまんまるだ。そんなに高く昇っていないのに、もう地平線にむかって降りはじめている。

立ちどまってうしろをふりかえった。丘陵はもうすっかり遠くなり、かさなりあってまるでひとつの丘になってしまったみたいだ。ひとつの丘に似たたくさんの丘。ぼくはオーバーをぬいで雪の上にひろげ、腰をおろした。犬は立ったまま線路の下をのぞきこんでいる。ぼくはポケットに入れてきたものを食べはじめた。犬はさっきパンをほしがらなかったから、こんども食べないだろうと思った。でも、ちがった。犬はこっちにとことこやってきて、パンをつかんでいる手をじいっと見つめた。すこしちぎって足もとになげると、うしろにさがって口にくわえ、すこしはなれたところで食べはじめた。ぼくはもうひときれ放ってやった。

持ってきた食べものはのこらずたいらげた。オリーブのパテ、チーズ、それにパンを数切れ。最後のパンを食べてしまうと、雪をすくって、てのひらで雪をとかした。ずいぶん時間がかかったのに、水になったらほんの数滴。ぜんぜんたりない。雪はそのまま食べたほうがいいらしい。

立ちあがってオーバーを着た。寒さで足がしびれていたので、雪の上で足ぶみをした。それから、ほうっと手に息をはいた。犬が起きあがった。

遠くの空に雲が浮かんだ。もっと速く歩かなければと思った。大また歩きで犬を追いこした。百メートルぐらいすすんで、ちょっとふりかえった――まだうしろにいるだろうか？　犬はいた。ついてくるのがひどくつらそうだった。

ぼくらはながいことそのスピードで歩いた。一度か二度、ぼくはふりかえった。でも、そのあとはふりむくのをやめた。疲れきった犬を見ていられなかったのだ。ぼくは自分にこういいきかせた。見るのは足もとの雪だけにしよう。考えるのはトビのことだけにしよう。

あのとき、ぼくの足がおそくなっていたんだろうか？　それとも犬の足がきゅうに早くなったんだろうか？　どちらだったのかはわからないけど、ともかく犬はしょっちゅうとなりにやってきた。荒々しい息をしていた。ぼくは心のなかで、うしろに行け、とさけびながらどんどん早足になった。犬も駆け足になった。横にならんだ。でも、ながくはつづかなかった。ついにぼくは犬をひき離した。追いかけるのをあきらめさせるために、ぼくは走りだしてさえいたのだ。

ふと、鉄道橋が目に入った。そのときはまだ遠くの小さな点でしかなかった。

橋には思ったよりずっと早くついたので、犬に追いつかれるまでじっくりしらべる時間があった。

それは工事中の鉄道橋だった。道はわたしてあるけれど、まだ土台と柱しかない。手すりは、とめ金で固定しただけの角材や板がむきだしだ。岸に鉄骨の橋桁《はしげた》がのっていて、ほかの骨組みとおなじように、ほとんど雪にうまっている。

ぼくは川を見ようと、手すりのとめ金につかまって身をのりだした。澄みきった、きれいな川だ。流れはそんなに速くない。雪が川岸に落ちて、流れのへりにプラットホームをつくっている。

ぼくはそうしてすこしのあいだ、川をながめていた。やがて犬がやってくるのが見えた。いそいで顔をそむけたけれど、よろよろと歩くすがたがちらりと目に入ってしまった。ぼくはからだを起こして橋をわたった。そしてさっきとおなじくらいひき離そうと、また走りだした。

そのあとはじめて足をとめたのは、自分の足もとに線路を敷いた土手がないと気づいたときだ。ちゃんと橋の延長線上にいたし、ずっとまっすぐ走ってきたのに。どこかに土手がないだろうかとあたりを見まわした。どこにも見あたらなかった。もしかしたら、線路は平原にちょくせつ敷かれたのかもしれない。ぼくはかかとで雪を掘りはじめた。でもレールもなければ、枕木もない。出てきたのは凍った土と雑草だけ。わかった、線路はここで終わりなんだ。雪のために工事が中断されてしまったんだ……。

そんなことを考えたり、雪に穴を掘ったりしているうちに、犬が橋をわたってこっちへやってきた。穴のふちにすわりこみ、すっかり年老いた犬のような呼吸をしている。ぼくはそんな犬のそばにいたくなかった。そんなふうに息をするのを聞いていたくなかった。ぼくは出発した。

ぼくはできるだけうしろの橋の延長線からそれないように、まっすぐすすむようにした。でも、道に迷うことはそんなに心配していなかった。あたりは一面まったいらだったから、何キロ先へ行っても鉄道橋が目印になるだろうと思っていた。

ぼくは青い沼の上を歩いていた。いろんな大きさの沼があった。きっと深さもいろいろだ、と少しずつ濃淡のちがう青い沼を見ながら思った。ぼくは沼の大きさを歩幅ではかった。深さもはかってみようと思った。淡い青か、濃い青か、その色合いで深さを決める。ぼくの発明した青色測定法だ。

沼はものすごくおもしろかった。ときどきうしろに犬がいるのを忘れることもあった。思いだしたときには、いま、どのぐらい離れたところにいるんだろうと考えた。でも、いくら考えても見当がつかなかった。足音も聞こえなかったし、ふりかえらないと決めていたからだ。

とつぜん、足もとに沼がなくなった。夢中になるものがなくなってしまった。そこにあったのは、足でふみしめているまっさらな雪ばかり。雪はそんなふうにただまっさらに、地平線までつづいていた。

ぼくは地平線をにらみつけるようにして、ひたすら前へすすみつづけた。

ぼくはひどく心細い気持ちだった。もう沼をしらべることができない。時間を忘れてしまうくらい頭をいっぱいにするものはもうなんにもない。どっと疲れがおしよせてきた。

霧がでてきたのはそのときだ。きゅうに夜になったみたいに、みるみる暗くなった。遠くで地平線がぼんやりとかすみ、いまにも消えてしまいそうだ。あたりは灰色と乳白色だけの世界。十メートル先はもう見えない。また急ぎ足になった。雪の音が足もとでさくさくとひびいた。ぼくはなんにも考えないようにして、ただ小刻みに足をうごかした。まるで夢のなかを歩いているようだった。たしかに前へすすんでいると教えてくれるものが、まわりになにもなかったから。

なにかにつまずいて、ころびそうになった。そしてその瞬間、気づいた。ぼくは犬をひき離そうとしているのではなく、犬から逃げているのだということに。それはもう、どうしようもなくおそろしいなにかだった。ぼくは歩きながらおしっこをもらした。おしっこのために立ちどまりたくなかったのだ。ももからひざまでが、しっとりなまあたたかくなり、たちまち冷たくなった。なにかが耳もとでぶんぶんうなった。遠くを走っている汽車みたいな音。でも、すぐにそれは空想のなかの音だとわかった。ぼくよりも、ぼくの想像力のほうが、このしずけさをこわがっている。

ぼくはほとんど駆け足になっていた。もう息が切れそうだった。すこし足をゆるめて、オーバーの前をあけた。霧の湿気をふくんでずっしりと重い。すぐにオーバーの前をかきあわせた。

歩くのにじゃまだったのだ。

霧が晴れてきた。灰色をしていた空がすこし黄色くなった。もう夜なんだと思った。でも、ちがった。ふたたび地平線があらわれ、じきに消えた。雪がふりはじめたのだ。ぽったりとした雪が、目のなかにつぎつぎ入った。えりにも入った。ぼくの目は、霧のなかにいたときよりもきかなくなった。

また歩調をゆるめた。ぼくはもうくたくただった。でも、犬に追いつかれるという恐怖は、すこしずつおさまってきていた。頭のどこかで、そんなことはもうけしてないと安心していたのかもしれない。

ぼくはまたたくまに全身雪だらけになった。頭をぶるぶるとふり、オーバーにつもった雪をはらった。袖口《そでぐち》の雪も、肩の雪も。

とつぜん、ぼくはさけびだした。

「ちょっと見て！　すごい雪だよ！」

もういちど。

「ねえちょっと見て！　すごい雪なんだよ！」

大また歩きで。

「見て！　雪だよ！」

ぼくは走った。そして雪を見て、とさけびつづけた。まるで遠くに、それを知らせなくちゃいけないだれかがいるみたいに。


ぼくはぱったりと前のめりにたおれた。そして起きあがるなり笑いだした。たおれた拍子に長靴のかたっぽがぬげて、雪にささっていたからだ。

雪がすこし小ぶりになった。国道にでると、まもなくやんだ。ぼくは路肩《ろかた》にかためてあった雪だまりをよじのぼり、てっぺんに腰をおろした。

見わたすかぎり、道はどこまでもまっすぐのびている。でも、どこにつづいているかはわからない。右に行くのか左に行くのかも。むかいには、わたってきたばかりの平原がひろがっている。

国道のすみに腰かけているあいだに、空の様相が変わってきた。夜になり、空気はいっそう冷たくなった。

一台の車が、遠くでヘッドライトを点灯した。ぼくは手袋をはずした。ちょっと思いついたことがあったのだ。車がゆっくりと近づいてきた。ぼくは、オーバーの前をあけて封筒をだし、なかのお金をかぞえはじめた。でも、そのヘッドライトは、お金をかぞえおわるまで照らしてはくれなかった。ぼくは封筒をにぎりしめ、べつな車を待った。何分かすると、一台やってきた。まだすこし時間があったので、雪だまりをおりやすくしようと、斜面に階段をつくった。車が来た。ぼくはヘッドライトにむかって走り、さっきのつづきをかぞえはじめた。でも、その途中、凍結した道路ですべってしまった。うしろにさがって、雪だまりをのぼった。すぐにまたおりた。こんどは荷台つきのトラックがやってきたのだ。徐行運転をしている。トラックの運転手が人影に気づいてクラクションを鳴らした。一瞬、ひやっとしたけど、こんどはぜんぶかぞえきった。ボルグマンがいったとおりの金額だ。ぼくはポケットに封筒をしまい、手袋をはめた。そして、階段をのぼって雪だまりのてっぺんに立ち、トラックのライトが闇にすいこまれるのを見まもった。ライトが見えなくなると、雪の上に腰をおろし、あの人がたくさんの幸運に恵まれますようにと運転手のために祈った。それは自分でもだしぬけだったけど、ぼくは心からそう祈った。その思いで、すこし気分がよくなった。

また雪がちらついてきた。ぼくはしばらくそこにたたずんで、何台かの車を見送った。ヘッドライトのなかにふわふわと浮かぶ雪をぼんやりながめながら。

室内灯は消されているので、車のなかはなにも見えない。何人乗っているのかもわからない。ぼくはなにか食べものが残ってないかとポケットのなかをさぐった。でも、持ってきたものはぜんぶ食べてしまっていた。

国道へおりた。そして、帰り道をたどりはじめた。

歩きだしてすぐ、ポケットに犬の綱を入れてあったことを思いだした。駅から丘にむかう途中でしまったきり忘れていたのだ。ぼくは道を引きかえして、さっきの雪だまりをのぼり、ひと巻きにした綱を、道路のむこうへ力いっぱいほうり投げた。綱はくるくると空中でほどけながら、どこかに消えた。

ぼくは雪だまりをおりた。

雪は、行きにつけた足跡を消してしまうほどふってはいなかった。ぼくは自分の足跡をふみながら歩いた。行きよりもらくにすすめる。足跡の歩幅がきゅうに広くなると、ほら、ここで走ったんだよ、とか、ぼくはなんて足が長いんだ、などとひとりごとをいってはくすくすと笑った。そんなのうそだったからだ。

もう夜になっていたけれど、雪あかりのおかげで、遠くのほうまで見わたせた。ところどころ雲が切れて、空から星がのぞいていた。

もう時間の感覚はなかった。時間のことでわかっていたのは、帰るのにまだ何時間もかかるということ、そして家に着くのは夜中になるだろうということだけ。

ときどき、雲の切れめを見上げながら、星空にトビが飛んでいるすがたを想像した。でも、その想像はあんまりうまくいかなかった。ちゃんと目に浮かべるためには、いったん足をとめて、しばらく集中しなくちゃいけないのだ。でも、ぼくは頭のどこかで、とまってはいけないと感じていた。だから、ときおり星をながめるだけで満足した。足跡に目をくばるのも忘れないようにして。雪と星がいっしょに見えるのは、なんだかとても不思議だった。

犬のことはあまり考えなかった。犬はただ頭のかたすみにいただけ。まるで、もうすでに、ぼくの記憶のなかに居場所を探しているみたいに。でも、記憶のなかに、犬が居場所を見つけてもぼくはちっともかまわなかった。たとえば、あのおばあさんのとなり。うん、ふたりでいっしょにいるのは、とてもいい。おばあさんとリスの物語のあいだにすわっていれば、もっといい……。

もちろん、ぼくにはわかっていた。自分がすぐにでも犬とすれちがうかもしれないことも、帰り道のどこかで犬がねそべっているかもしれないことも。そう、たぶん雪のなかで、脇腹を下にして。でも、もう心の準備はできている気がしたから、考えるのをやめにした。

そうしてぼくは足跡の上を一時間ばかり歩いた。鳥籠をどんなふうにしようかと夢中になって考えながら――こんなにくたびれていなかったら、線路をおりて丘に入ってみるのにな。そしたら、アーチ型をしたカラマツの小枝をさがすんだ。それともあした天気がよかったら、もういちど来てみようか？　カラマツなら、どんな枝でもかまわない。でもぼくはアーチ型をしたやつがいいんだ。そうだ水桶はどうしよう？　買ってもいいし、ふとい枝を削ってつくるのもいいな……。

それはあまりにとつぜんだった。ぼくの前に犬の足跡があらわれ、あやうく上をふんで行きそうになったのだ。鳥籠の空想はばっさりと断ちきられた。ぎょっとして足をとめたぼくは、そのまま一歩も動けなくなった。雪のなかにつっ立って、その行く先を目で追った。それはぼくの足跡をはずれて、左にカーブを描きながら闇のなかに消えていた。もうだいぶ雪をかぶって、うっすらとしか残っていない。あまりにも弱々しくて、たよりない足跡だった。まるで犬にすこしも重さがないみたいに。

ここで、ぼくを追いかけるのをあきらめたんだ。たぶん、ぼくが雪を見てとさけびながら走りだしたとき。そう、あの前か、後のどちらかだ。

もう足がすくんで動けなかった。ぼくは犬の足跡がむかっている暗闇をのぞきこんだ。あっちにはなにがあったんだろう？　雪にうもれた平原。こことおなじしずけさ。星空がのぞく雲の切れめ。

ぼくは一刻も早く立ち去りたかった。なのに一歩も動けなかった。まるで魅入られたように、犬の足跡がえがくカーブを見つめていた。どうしても足をふみだせない。ぼくはほんとうは、犬の足跡なんかより、ほんものの犬に会いたかったんだと思う。雪の上で、脇腹を下にしてねそべる犬に。あっちにはなにがあったんだろう？

ふいに風が吹いた。そして、ぼくは出発した。

走ろうとしたとたんころんだ。両ひじをついて起きあがった。もう走ろうとはしなかった。自分の足跡にぴったりと足をかさねてすすんだ。

風が地面をしゅっと削るように雪を舞いあげた。雪は凍っていた。氷の粒が口にも鼻にも吹きこみ、吹きこんだとたん水に変わった。ぼくは風と雪といっしょにながいあいだ歩いた。もう足の感覚はなかった。でも手は大丈夫。凍えないように、しっかりにぎりしめていたから。

また鉄道橋が見えてきたころ、やっと風がおさまった。もうなんの音もしない。ぼくはさけんだ。

「やんでくれてありがとう！」

ぼくは鉄道橋をわたって、川原へおりた。川の水にはさわれなかった。岸辺に近づく途中で、足もとの雪がくずれるかもしれないと思ったのだ。でも、水が飲みたかった。ぼくは長靴の先で雪のなかに溝を掘りながら進んだ。用心したのは正解だった。そのあと、大きな雪のかたまりがくずれて川に落ちたのだ。そのかたまりはいったん水に沈んでからぷかりと浮かび、流れにはこばれていった。ぼくはやっと岸辺にたどりついた。しゃがんで手袋をぬぎ、てのひらで水をすくって、ひとくち飲んだ。水は透明で、氷のように冷たかった。

もうひとくちすすった。さっきほど冷たくないような気がした。ぼくはぬれた手をオーバーでふき、手袋をはめた。そして、そこにしゃがみこんだまま、橋のかかっている川下《かわしも》を見た。それから、ぺたんと地べたにすわって川上《かわかみ》を見た。

そこはとても居心地がよかった。闇のなかを流れる川をながめるのは、不思議にたのしかった。からだがすっかり冷えきっても、ぼくはそこを立ち去ろうとはしなかった。春にここに来たらおもしろいだろうなとぼくは思い、そのことに思いをめぐらせた。ちゃぷんと川の上をはねるものがあった。きっと魚がいるんだ。ぼくは長靴にかぶった雪をはらった。また、ちゃぷんといった。なにがいるんだろう？　ぼくは水面にじっと目をこらした。

なにがいるのかはわからなかった。ぼくは出発した。


線路の上を歩いていた。正面にカラマツの丘が、空よりも黒くそびえている。丘をぬけてしまえば、駅まではあとひといきだ。ふと、土手の下に貨物車両があったことを思いだした。もうすぐその前を通りがかることが、ぼくはやけにうれしかった。

丘に入るとすぐに、車両の小窓のちいさなあかりが見えてきた。よろい戸じゃないほうの窓だ。近づくと、煙突からけむりがのぼっているのも見えた。車両の前は、うす暗い木立ち。こんな丘のまんなかに、いったいどんな人が住んでいるんだろう？

車両を通りすぎるとき、なかから笑い声が聞こえた。ぼくはちょっと立ちどまって、窓の奥に目をこらした。でも、その窓は汚れていて、うすぼんやりした光しか通さない。かんかんと鉄の音がした。きっと、なべの音だ。それから、また笑い声。

ぼくはカラマツの林をずんずん歩いた。そして、まもなく丘をぬけた。

夜が更《ふ》けて、また鳥籠にそなえつける枯れ枝のことを考えていたころには、もう丘と駅のあいだにいた。

除雪された線路が見えた。右からも左からも伸びてくる線路が、駅をめがけて集中する。あと百メートル。そしてプラットホーム。ぼくはホームをよじのぼって、ベンチにすわりこんだ。駅員用の照明がぽつぽつと灯っていた。反対車線のむかいのホームには男の人と女の人がいて、床においた鞄のなかをがさごそと探っている。ふたりの頭上にある時計は、午前一時をさしていた。

ぼくは長靴を見つめた。すこしも雪が沁《し》みていない。やっぱり出かける前にみがいておいてよかったな、とぼくは思った。かかとをとんとんやって靴底の雪を落とし、オーバーの上のほうのボタンをあけた。それから目をつむって、すこしうとうとした。目を覚ますと、むかいのホームにいたふたりはもういなかった。ぼくは腰をあげて、駅を出た。地面の雪に大きな穴があいている。朝、男がかごを燃やしていたところだ。

ひどく寒かった。その日、それほど寒いと思ったことはなかった。がたがたと肩がふるえて止まらなかった。

ぼくはブレシア通りへむかった。トビの音を聞こうと思ったのだ。トビはきっと、中庭の奥でシートをかぶっているだろう。翼をひろげる音とか、なにか音がするはずだ。羽づくろいをするかもしれないし、からだをあたためようとして翼を格子にぶつけるかもしれない……。でも、シートのむこうは、しんとしずまりかえっていた。

ぼくは鉄柵にもたれかかった。そして通りをながめながら祈った。今夜、トビが死んだりしませんように。

背中を鉄柵に押しつけたまま、ぼくはその場にすわりこんだ。ズボンの上のほう——長靴に入ってないところぜんぶ——がばりばりと固くなっていた。

ぼくはそんなふうにしてしばらく鉄柵の前にすわっていた。どれくらいの時間そうしていたのかはわからない。いま思いだせるのは、そのあいだぼくがもう、トビの音に耳をすまそうとはしていなかったということだ。なにか音が聞こえれば、それがトビの生きている証《あか》しになったはずだけれど、そんなことすらどうでもよくなっていた。ぼくはただそこにすわって、凍りついたズボンのしわを指でのばしていた。ときどき、頭のなかで、遠い列車の音がした。国道のヘッドライトが浮かぶこともあった。くるくるとほどける綱が見えることもあった。

ぼくは思った。こんなおかしな空想にふけっていてはだめだ。なにかほかのことをして頭をいっぱいにしたほうがいい。ぼくは凍ったしわをとかそうと、ズボンに息を吹きかけた。でも、氷はとけなかった。ぼくは立ちあがり、家に帰った。


最上階の通路はあたたかかった。玄関のドアをそっとあけてなかに入った。台所のあかりが灯いていた。ドアをくぐると、テーブルの上にランプがおかれ、ぼくの食器と食べものを照らしている。冷めていてもおいしそうだった。ランプを消した。かまどからわずかな光がもれていた。椅子にぶつからないで歩くには、その光でじゅうぶんだった。

ベッドに腰をおろした。手袋をとり、オーバーのボタンをはずした。ズボンの上のほうにこびりついた氷がとけはじめている。長靴と、重ねばきした靴下をぬいだ。立ちあがってオーバーもぬぎ、椅子にかけた。そしてまたベッドにもどって腰かけた。

しばらくすると、ズボンからツンとするにおいがただよってきた。ぼくは走りながらおしっこをしたことを思いだした。

ベッドから起きあがって流しの前に行き、ズボンとパンツをおろした。ぬるま湯と石鹸《せっけん》で足を洗い、熱いお湯ですすぐと、すこし気分がすっきりした。かまどの前に行ってぬれたからだを乾かし、ベッドの下から清潔なパンツをひっぱりだしてはいた。

ズボンも洗ってすすぎ、椅子の上にひろげた。しぼりきれなかった水が、床の上にぽたぽたと落ちた。

ベッドに横になった。水滴のしたたりおちる音がした。目をつむった。するとそのとき、目をつむることと水滴の音とのあいだに密接な関係のようなものが生まれて、ぼくの気持ちをしずめてくれた。ぼくはしばらくのあいだ、しずかな気持ちでいられた。ズボンから水気がなくなってしまうまでは。

音がしなくなった。ぼくはまだ目をつむっていた。

はやく眠ってしまいたかった。でもまだ眠りがやってこないことはわかっていた。横むきになって窓をながめた。暗闇に、白い窓が光ってみえた。ぼくはもういちど目を閉じようとした。でも、水滴の音のしないところで目をとじるのはおそろしかった。

ぼくは光っている窓をながめつづけた。ときどき背中ごしに、白熱した石炭がかまどの灰受けにばさりと落ちる音がした。あたりがうっすらあかるくなり、窓枠がぼうっと浮きあがった。

あのトラックの運転手は、いまごろどこかに着いただろうか、とぼくは思った。あの人の幸運を祈るなんて、ぼくはどうかしてる。でも、自分でもおどろきだし、うれしくもあるのは、ぼくがそのことを後悔していないこと、それに恥ずかしい気持ちもこれっぽっちもないってことだ……。

とつぜん、父さんがさけび声をあげた。ぼくはとび起きて、父さんの寝室へ行った。ランプをつけると、父さんの両目が大きくみひらいていた。最初、その目は恐怖でいっぱいだった。でも、恐怖の色はすこしずつひいてゆき、ぼくがそばにいることに気づくと、やさしいまなざしで見つめてきた。ぼくはぎこちなく見つめかえした。

父さんが目を閉じても、ぼくはその場を動かなかった。父さんがふたたび眠ったのをたしかめてから、ようやく肘掛椅子に腰をおろした。そしてまたすこし様子をみて、ランプを消した。父さんの寝息が聞こえた。ゆっくりと、規則ただしい呼吸音。その音は、床にぽたぽたと水をたらすズボンのように、ぼくの気持ちをしずめてくれた。

ぼくは暗闇のなかでぽっかりと目をあけていた。くたびれはてているせいか、目の前に、白いほこりのようなものがちらちらと浮かんでいた。その部屋は、すこし、星の夜空に似ていた。と、そのとたん、部屋が星の夜空のように見えたとたん、部屋じゅうがぐらりと揺れた。すべてがゆがみ、すべてがかたむき、ぼくは、椅子から落ちる、と思った。おもわず手をのばして、国道の上でくるくるとほどける綱につかまろうとした。一瞬、この手でたしかにそれをつかんだと思った。でも、ぼくはまだ落ちつづけていた。にぎっているのが綱じゃなくて椅子の肘掛だとわかると、ぼくの喉からうなり声があがった。声はどんどん大きくなっていき、ぴかっ、と部屋が光ったとたん、とまった。ぼくはあえぐようにして、ベッドのほうへからだをむけた。身を起こした父さんが、片手をランプのスイッチにかけ、もう片方の手をぼくにむかってさしのべていた。

ぼくは、午後おそくまで、ディ・ガッソを待った。ディ・ガッソの部屋の窓と建物の入口をじっと見張っていた。

ぼくはむかいの建物の壁によりかかっていた。寒さは昨夜よりはましだったけど、それでもやっぱり寒かった。ときどき風がひゅうとうなりをあげ、屋根の雪を舞いあげる。また雪になりそうだった。

ようやくディ・ガッソが出てきた。ディ・ガッソはちょっと空を見上げると、すぐにひっこんでしまった。でも、またスコップを片手に出てきて、歩道の雪かきをはじめた。ぼくは雪かきがはかどるのを待って通りをわたり、ディ・ガッソのそばに行って、トビのお金をもってきたよ、といった。ディ・ガッソは雪かきの手をやすめもしないでいった。

「もう凍え死んでるかもしれないぜ」

ぼくは中庭の鉄柵の前に駆けよって、昨夜とおなじようにトビの音に耳をかたむけた。でも、聞こえてきたのは、ディ・ガッソのスコップの音だけ。ぼくは、お金をもってきたよ、きょうにでもトビを売ってほしいんだ、ともういちどいった。ディ・ガッソが雪のなかにスコップをつきさし、こっちへやってきた。

「ちぇっ、トビなんか買ってどうするんだ」

ぼくはうしろへさがった。ディ・ガッソが手袋をはずし、ポケットから鍵をとりだした。

「よう、どうするんだよ」

ぼくはオーバーから封筒をとりだした。

ディ・ガッソが鉄柵をあけてなかへ入り、シートのむこうに消えた。シートをあげて出てきたとき、手には鳥籠がさがっていた。

「凍え死んでなかったぜ」

ぼくは鳥籠を両腕でかかえて、帰りのブレシア通りをたどりはじめた。ディ・ガッソがつきたてるスコップの音が、だんだんうしろに遠くなる。ぼくが歩いていたのは、夕陽の射す歩道の片側。路上の雪だまりから、蒸気がもうもうとあがっている。すれちがう人たちのなかには、コートの前をあけている人がいる。ときどき、ぼくの腕のなかの鳥籠を見る人もいる。

ぼくはといえば、次の足をどこにふみだそうかと、鳥籠の上から足もとだけを見つめていた。すべらないように歩くことだけで頭がいっぱいで、鳥籠に視線をよこす人がいても、ちらっとそっちを見ることしかできない。だから、その視線がなにをあらわしているのか、つまり、その人たちがトビを見てどう思っているのか、その様子を観察することはできなかった。

ぼくはすぐ近くまで来たまがり角を見過ごさないように、通りを斜めによこぎった。

そしてまた歩道をたどった。

ぼくは、慎重に足をはこびつづけた。まっすぐ前を見て、雪だまりをよけながら。えりもとがほてってぽかぽかした。腕が二本のアーチになっていた。道ゆく人たちは、そのあいだもずっと鳥籠に視線をよこしていたけれど、ぼくはとうとうその意味がわからなかった。

ぼくは左へまがり、ブレシア通りをあとにした。

父さんはトビを見ると、心をこめてこういった。

「おぼえてるか？　おまえがトビとラジオの質問をしたときのことを。いま、その答えがわかった。父さんが買うのはラジオじゃない。トビだ」

「ほんとに？」

「そうとも」

ぼくたちはそれから、ひとこともしゃべらないで、窓のほうをむいていた。窓の前には、二脚の椅子の上にのせた鳥籠。そうして日が暮れるまで、ふたりでしずかにトビを見ていた。日が暮れると暗闇のなかで、鳥籠から聞こえる音に、やはりしずかに耳をかたむけた。トビのたてる音はとてもかすかで、静寂とすこしもかわらない。ぼくたちは息をひそめて、そのかすかな音が消えていくのを聞いていた。ときどき、父さんがこんなふうに声をかけてくることもあった。

「聞こえたか」

「うん」

「こんどは」

「うん」

「なんの音だ」

「翼だよ、きっと」

ぼくは返事のかわりに、こくんとうなずくだけのこともあった。うなずくところは、父さんにも見えていたと思う。ぼくは窓辺のトビがよく見えるように、肘掛椅子をベッドの左側にずらしていたからだ。たまに、ぼくのほうから、聞こえた？　ときいてみることもあった。たいていは、ああ、という返事がかえってきた。いや、ということもたまにあった。そんなときには、父さんのほうが鳥籠から離れているんだからあたりまえだ、とぼくは考えた。

ばたんとドアの閉まる音がしたとき、そしてすぐに自動消灯スイッチがカチッという音が聞こえたとき、父さんは鳥籠からさっと目をそらしてぼくにいった。

「ちくしょう、トビ捕りの話をしてくれ、いますぐ！」

ぼくはあのとき、すぐにでも話をはじめるべきだったのだ。自動消灯スイッチの音を消すために。でも、ぼくはそんなことにも気づかないで、ばかみたいにこんな質問をしてしまった。

「椅子にすわってたほうがいい？　それとも鳥籠のそばがいい？」

「好きにしろ」

そして、もっとばかなことに、

「あかりは？」

「ちくしょう、はやく話せ！」

ぼくは椅子にすわったまま、暗闇のなかで話をした。鳥籠のあるほうへじっと目をこらしながら。ひといきに話したので、終わったときには息が切れていた。ぼくは大きく深呼吸してから、父さんは眠ってるのかなと呼吸の音に耳をすました。父さんは眠っていた。ぼくは台所からタオルを一枚とってきて、鳥籠にかけた。そして、あかりを灯けたほうがいいだろうかとその場でちょっと考えた。結局あかりは灯けずに、また台所にもどった。

母さんが帰ってきたとき、ぼくは台所の椅子に腰かけ、テーブルにつっぷしてうたたねしていた。目を覚ますと、母さんは帽子とコートを身につけたまま、むかいの椅子に腰かけた。それから帽子をとり、テーブルにのせてからいった。ついにトビを買ったのね、よかった、母さんもうれしいわ。そして、こうつづけた。ねえ、ほんとうにボルグマンさんやお年寄りたちとドミノをしていたの？　そうだよ、勝ったのはボルグマンだよと、ぼくはいった。すると母さんがやさしくきいた。どうして寝《やす》まないの？　いまごろまでテーブルにすわって、なにをしているの？　ぼくは返事をしなかった。どうしてなのか自分でもわからなかったからだ。でも、母さんはおなじ質問をくりかえした。

ぼくは母さんの顔をちょっと見て、すぐに目をふせた。ぼくはそのとき、まだねぼけていたんだと思う。そうじゃなかったら、きのうの疲れが残っていたんだ。なぜなら、ぼくは、こんなつぶやきをもらしてしまったから。

「自動消灯スイッチのせいだ」

ぼくはすぐに口をつぐんだ。母さんはみじろぎもしないでぼくの顔をのぞきこんだ。

「どういうこと？」

ぼくはテーブルごしにまたぼそぼそといった。まるで霧の中をさまよっているような気分だった。

「スイッチの音だよ。部屋にいると聞こえてくるんだ。それが聞こえるから！」

もう眠くてたまらなかった。でも、母さんはまだぼくを見つめていた。母さんはテーブルのまんなかに帽子を押しやりながら、なにをいってるのかわからないわ、といった。たぶん、母さんは、ほんとうにわからなかったんだと思う。ぼくは、スイッチのことをほのめかすだけで、自分のいいたいことをわかってほしいと願っていたのだ。願いはとどかなかった。でも、そのことに気づいたときにはもう、なにがいけないのかをはっきり説明するのがひどく恥ずかしくなっていたし、それをためらう気持ちもあった。

結局、ぼくはいってしまった。テーブルに目をふせたまま、いってしまったのだ。母さんにむかって話しながら、テーブルの上の帽子に話しかけているような気がしていた。そう、ぼくはいった。母さんが夜の外出をするとき、自動消灯スイッチの音が父さんの部屋までひびいてくること。その音は、父さんにとって、なにかひどく聞きたくない音であること。ぼくにとってはそうじゃないけど、父さんのことを思うと、やはり聞きたくないと思ってしまうこと。なぜならそれは、果てしなくながい時間だから。できればこれからは、スイッチをいれずに、暗くしたまま階段を降りてほしい。ぼくもためしてみたけれど、うまく降りられたから、と。

ぼくは立ちあがって、水道の水を飲みに行った。

テーブルにもどってきたとき、母さんは手で顔をおおうようにして泣いていた。椅子にすわって、母さんのすすり泣く声を聞いているうちに、ぼくの目にも涙があふれてきた。ぼくは声をたてずに泣いた。そんな泣き方をすっかり覚えてしまっていたから。こんどは、トビが空を翔《か》けるすがたは目に浮かべなかった。ぼくはただ目に涙をため、どこへも行かずに、母さんとふたりで部屋のなかにすわっていた。

それはなにか、とても甘く心地よいものだった。

いそいでとめようとはしなかった。

自然にひくまでまった。甘くて心地よいものだったから。

思うように声がだせるようになると、立ちあがって、母さんに声をかけた。

「やってみようよ」

母さんが消えそうな声でいった。

「なにを?」

ぼくがそばに行くと、母さんはそれ以上なにもきかずに立ちあがった。ぼくたちはふたりでいっしょに通路に出た。そして、ぼくはひとりで先に立って、まっ暗な階段を降りはじめた。ゆっくりと一歩、そしてまた一歩。下の階につくと、また一歩、一歩。そのあいだ、手はずっと手すりにかけていた。うしろに母さんがいるかどうか、いちども考えなかったかもしれない。

ぼくは母さんに、あかりを灯けずにまっ暗な階段を降りていく方法を教えていたのだ。あのときのことを思いだすたびに、ぼくは胸が苦しくなる。

ぼくたちはひっそりとしずまった階段を降りていった。ようやく一階に到着して通りに出ると、車が一台すぎていった。ヘッドライトが暗い夜道を照らしだした。ぼくたちは凍えながら、疲れきった顔で、ヘッドライトが遠ざかるのを見送った。

翌日は、また雪になった。ぼくは養老院へは行かなかった。どこにも出かけず、台所で鳥籠のそうじをした。格子は一本一本ていねいに洗い、水桶につかわれていたブリキ缶を捨てた。なかもぜんぶきれいにし、黄色い小鉢をブリキ缶のかわりにおいた。鳥籠のなかに小鉢をいれたとき、父さんがぼくを呼ぶ声が聞こえた。いま、なにをしてる、と父さんはきいた。

「待ってて。いま、見せるから」

「いや、なにしてるのか話してくれ」

それでぼくは鳥籠をすっかりそうじして、ブリキ缶のかわりに黄色い小鉢をいれたところだといった。

「このあとはどうするんだ？」

「牛肉をこまぎれにするんだよ」

「じゃあ、その肉、こっちで食べさせたらどうだ？」

「もちろんそのつもりだよ」

ぼくはデザート用の皿にこまぎれ肉をいれて、小鉢の近くにおき、父さんの部屋へ行った。きのうとおなじように二脚の椅子の上に鳥籠をのせると、父さんがいった。

「その椅子、もっとずらしてくれ」

「どっちに？」

「窓からちょっとはなすのさ」

「もっと手前のほうがいいんだね？」

「そういうことだ」

ぼくは椅子を二つともベッドに近づけて鳥籠をのせ、父さんにきいた。このくらいでどう？

「ああ、それでいい」

肘掛椅子に腰をおろすと、父さんがひそひそ声でいった。このまましばらく黙っていよう。じいっと動かないようにしてな。トビだって、音がしないほうがえさを食いやすいだろう？……父さんのいうとおりだ。

それはほんとうにすばらしいながめだった。トビが肉をついばむ様子も、トビのうしろの窓にうつる雪景色も。

ひょっとしたらその窓は、肉をついばむトビのすがたと雪景色がいっしょになるのを、ずっと前から待っていたんじゃないか、そう思わせるほどだった。

すてきなながめだね、とぼくは父さんにいおうとした。でもふりかえると、父さんの目は、まるで魔法にでもかけられたみたいに鳥籠にくぎづけになっていた。ぼくは思った。父さんもおんなじ気持ちでいるんなら、わざわざいう必要ないや。

でも、そのあとどういうわけか、ぼくの目はトビを通りこして、窓のむこうにふりしきる雪にしか注がれなくなった。ふいに、ぼくは恐怖とかなしみでいっぱいになった。それは、父さんにこう声をかけられるまでつづいた。

「おいおい、ぼうず、もうぜんぶ食っちまったぞ」

それは、夜、ベッドに横になったとき、ふたたびはじまった。眠ろうとしてまぶたをとじたとたん、得体《えたい》のしれない恐怖がこみあげてきたのだ。ぼくは目をひらいて、恐怖が過ぎさるのを待った。

そのとき、ぼくは思いだした。目をつむることと、ズボンから水滴が落ちる音とのあいだに、なにか密接な関係のようなものがあったこと。そして、それがぼくの気持ちをしずめてくれたことを。ぼくはベッドから起きあがった。そしてズボンをつかんで蛇口の下にさしだしたそのとき、はじめて気がついた。そうだ、蛇口から直接水をたらせばいいじゃないか……。ぼくは蛇口をひねって水滴がぽたぽたと落ちるようにし、またベッドにもどった。そしてからだを窓のほうにむけ、すこしだけ待って、目をつむった。

流しから水滴の音が聞こえた。そのひびきは、ズボンから水滴が落ちる音とそっくりとはいえなかったし、ズボンとのように密接でもなかったけど、それでもなんとかうまくいきそうな気がした。水滴の音は底しれない静寂のなかにひびきわたり、しだいにぼくの頭をいっぱいにした。ぼくはようやく落ちつきをとりもどした。

翌朝、目を覚ますと、水道の蛇口はかたくしめられていた。次の朝も、その次の朝も、蛇口はきちんとしめられていた。そしてそれからながいこと、そんな朝がくりかえされた。ぼくはもう水滴の音がないと、眠りにつくまでの時間をやりすごせなくなっていたのだ。

蛇口をしめていたのは母さんだった。外出から帰って、ぼくが背中をむけて寝ているすきに。そう、母さんは、台所の蛇口をしめつづけた。でも、不思議なことに、朝になって顔をあわせても、なぜ水を出しっぱなしにするのときかれたことはいちどもなかった。

ぼくはいま、あのころ起きたすべてのことを理解しなおそうとしている。自分でも納得のいく説明をしたいと思っている。このできごともまた、そのひとつだ。


ぼくは養老院へでかけた。でも、仕事をしに行ったわけではなくて——中庭には老人たちのかげもかたちもなかったから——ただ、ボルグマンに会いたかったのだ。ぼくはボルグマンの家のドアをノックした。留守のようだった。ぼくは柵をこえて庭に入った。食堂に行っているのだろうかと思っていると、大きな樹の下で雪かきをしているボルグマンのすがたが目にはいった。ぼくはそちらへむかった。老人たちのつきそいとしてではなく、ひとりで樹の下へ行ったのは、そのときがはじめてだったと思う。ボルグマンは、ぼくの顔を見るとスコップを脚にはさんだ。

「そのままつづけてください」

ぼくがいうと、ボルグマンは首を横にふってスコップを樹にたてかけた。

「きょうはもうじゅうぶんだろう」

ぼくたちは一瞬、顔を見合わせた。コーヒーでもどうかね、とボルグマンがいった。はい、とぼくはこたえた。小径をひき返しながら、ボルグマンは山づみにした枝を指さした。雪の重みで折れたのをひろい集めたのだという。薪《たきぎ》にするなら手伝いにきましょうかときくと、いや、それにはおよばない、枯れたらこの場で燃やしてしまうから、といった。

家のなかに入った。ぼくが窓のほうへ行くと、コーヒーを用意しながらボルグマンがいった。

「きょうはだれも庭に出ないだろうな」

そんなことはいわれるまでもなかった。それでも、ぼくはこう返した。

「そう思いますか?」

まだ、すべるからな、とボルグマンがいった。

コーヒーがテーブルにおかれるまで、ぼくは窓辺にすわっていた。テーブルにうつると、ボルグマンはまずぼくのカップにそそぎ、つぎに自分のにそそいだ。ぼくたちはひとことも口をきかずに、ちびちびとすすった。コーヒーが冷めたころ、ようやくぼくはこう切りだした。

「トビがいるんです。ぼくが買ってやらなければ凍えて死んでしまうところでした」

ボルグマンがこちらを見た。けれど、その顔には、ぼくが話そうとしていることにはなんの関心も持ってないことがありありとみてとれた。ぼくはもういちどくりかえした。

「ボルグマンさん、トビが凍え死ぬところだったんです」

ボルグマンがカップを下におろし、目をふせた。

「なんてことをしてしまったんだ」

ぼくは、ほとんど懇願するような口調でいった。

「どうか、聞いてください！」

ボルグマンがぼくを見た。悲しみとも、苦しみともつかない表情をしていた。ぼくは思わずカップをにぎりしめ、そのときはじめて気がついた。自分がオーバーをぬごうともしていなかったこと、そしてボルグマンもぬぐようにすすめなかったことに。ボルグマンが、ひとりごとのようにつぶやいた。

「なんてことを！」

ぼくはカップをはなして、はじかれたように立ちあがった。がたん、と椅子がうしろに倒れた。怒りにまかせて、ぼくはいった。

「そんないい方、しないでください！」

そしてふるえながら、

「ボルグマンさん、やったのは、ぼくなんですよ」

ボルグマンが首をふった。

「やめてくれ。あの話は聞きたくない」

ぼくはようやく声をしぼりだした。

「ちがうんです。ぼくがここへ来たのは、あの話をするためじゃないんです」

ぼくは椅子をおこして、ぎゅっとテーブルに押しつけた。そして、椅子の背もたれに手をおいたまま、じっとボルグマンを見つめた。ボルグマンがのっそりと腰をあげ、カップを片づけだした。ぼくはいった。

「ボルグマンさん！」

ボルグマンが片手にカップを持ち、視線をテーブルに落とした。

「なんだね」

「ちょっとだけトビの話を聞いてほしいんです。そしたらあの話は二度としませんから」

ボルグマンはテーブルに目をふせて押し黙った。そうしてながいこと黙りこんでから、すまなそうにこういった。

「いや、聞きたいとは思わんな」

そしてカップをテーブルにもどすと、窓をながめながら告げた。

「雪かきにもどるよ」

ボルグマンは窓から目をはなし、なにかべつのことをいおうとした。でも、そのときぼくはもう――これはことばのあやだけど――ボルグマンの家を離れてしまっていた。

そうして、ぼくはほんとうにその家を離れた。

おもて通りにでると養老院へ目をやった。老人たちが、窓ごしに空を見上げているのが見えた。ぼくの視線は、そこから中庭の小径へ、小径から奥の大きな樹にすべり、樹の根もとへとおちた。そうして、ぼくは歩きだした。

ブレシア通りに近づいたとき、ぼくは一瞬、こう考えた。そうだ、ブレシア通りにトビを見にいこう。そして、そこへ行ってもトビはもういないんだと気づき、ほんのすこし、落胆した。

そのころ雪はふらなくなり、毎日、快晴がつづいていた。もう、気温が氷点下になることはなかった。晴れわたった空に、春のきざしがみえていた。

封筒にはまだお金がたくさん残っていた。その点についていえば、ぼくは、養老院で仕事をしたことに後悔はしていなかった。ともかく、春の半ばまではトビを飼うお金ができたんだから、と。そうだ、もしかしたら春が終わるまでだってもつかもしれない。いまやってる上等な肉はやめて、臓物を買うことにすれば。

ぼくは、家に帰ると、養老院の仕事をやめてきたといった。「だって、冬が長すぎるんだ。あそこの冬はとくにね。お年寄りが庭に出てくるのを待って時間をむだにしちゃった。これからなにかべつのことを探すことにするよ」父さんと母さんは、おまえのいうとおりだ、きっといい仕事が見つかるよと口をそろえていった。

雪はもうふらなかった。でも、ある夕方、もういちど父さんと雪のことを話題にしたことがある。ぼくと父さんは、トビが窓のまえでえさを食べる様子をながめていた。まだ暗くなってはいなかった。トビのむこうにくっきりとひろがる空をながめながら、父さんがいった。

「また雪がふればいい」

どうして、とぼくはたずねた。そしてたずねたとたん思いだした。ぼくは父さんが返事をする前にいそいでいった。

「うん、ぼくもそう思う。すごくきれいだったね」

「ああ、最高だった」

ぼくはすこし無理をしていった。

「きっとまたふるよ」

「さあ、それはどうかな」

そのあともぼくたちはずっとトビが肉を食べるところを見ていた。食べおわる前に、ぼくはベッドの反対側へまわってランプを灯け、また肘掛椅子にもどった。皿がからっぽになると、父さんが天井をあおぎみた。そして、そのころ、約束のようになっていたせりふをいった。

「おいおい、ぼうず、もうぜんぶ食っちまったぞ」

ぼくも、いつものようにそのせりふにこたえた。

「あーあ、上等なお肉なのになあ」

ぼくたちは黙りこんだ。父さんは天井に目をやったまま、すこしからだをやすめていた。やがて、おもてに夕闇がたちこめてきた。窓がまっ黒になると、トビの音に耳をかたむけた。もうずいぶん前から、ぼくたちはトビ捕りの話のかわりに、こうして時をすごすようになっていた。

鳥籠から、あのかすかな音が聞こえてきた。ぼくはいった。

「聞こえた？」

「いや、なにも」

その返事を聞いても、ぼくは驚かなかった。そもそも、そんなことをきくべきじゃなかったのだ。ほとんど聞きとれないくらい、かすかな音だったのだから。何日か前からぼくは気づいていた。もう父さんの耳には聞こえない音があることを。

それでも、父さんはこう質問した。

「どんな音だったんだ？」

ぼくはゆっくりと肩をすぼめて、ベッドのほうをふりむいた。

「わかんない。きっと、音なんてしなかったんだ」

すると、父さんはいらだたしげにいった。

「ほんとうか？」

「うん……たぶん」

そのとき運よく、トビが翼をつつきだした。その音は父さんの耳にもとどいた。ぼくらはふたりでその音に耳をすませた。

やがてトビが留まり木にのった。羽づくろいを終えたのだ。ぱちくり、とトビが両眼をいっしょにまばたきした。それから片目でぱちくり、もう片目でぱちくり。そのあとはただ前を見ているだけだった。今夜はもうなんの音も聞けないだろうな、とぼくは思った。すこし時間をやりすごし、ぼくは首をはっきり横にふりながら小声でいった。

「さっきは、ほんとうに音なんかしなかったんだよ」

ベッドのほうをふりかえった。父さんは眠っていた。げっそりと肉のおちた頬。半びらきになった口。ぼくは肘掛椅子にどさりともたれて目をつむった。そして父さんの寝息を聞きとろうとした。でも、うまくいかなかった。その呼吸音はあまりに弱々しく、ときどき、なにかがひっかかるような、ひゅうひゅうという雑音がまじっていた。

ぼくは立ちあがって、鳥籠にタオルをかけ、台所にむかった。考えごとをしながら廊下に出たとき、ふとあることがひらめいた。ぼくは寝室にひきかえし、鳥籠の台にした椅子をベッドのほうに近づけた。そんなにたくさんじゃなくて、ほんの数センチ。そしてまた台所にもどった。

そのころは、これから寝なければいけないと考えることが、それほどこわくはなくなっていた。目をとじて水滴の音を聞きながら、あの密接な関係が生まれるのを待てばよかったからだ。ぼくはいつもこんなふうに蛇口をセットした……まず、かるく蛇口をひねる。ほそい糸のような水がちょろちょろとながれる。蛇口をしめる。でも完全にはしめないで、すこしだけあまくしておく。やがて水の糸が上にあがって、すうっと消える。一瞬の間のあと、ぽたりぽたりとしずくがたれはじめる……。ぼくはもう、そのリズムをすっかり覚えていた。それからぼくはベッドに横になる。目をつむる。水滴の音が暗闇にひびく。気持ちがだんだんしずまり、やっと眠りがおとずれる。もちろん、眠りにつくまでには、ひどくながい時間がかかった。でも、それでうまくいっていたのだ。

ぼくが心配していたのは、母さんがはやく帰宅することだけだった。つまり、ぼくが眠る前に母さんが帰ってきて、台所に入り、蛇口をしめてしまうこと。そうしたら、ぼくはまたベッドから起きあがって、糸のような水をたらすところからやりなおさなくてはいけない。でも、やりなおしをしたことは、いちどもなかった。

その日から毎晩、ぼくは鳥籠をのせた椅子をベッドのほうに近づけるようになった。ほんのちょっとずつだ。トビをベッドに近づけたのは、父さんの耳にトビの音がいつまでも聞こえるようにするためだった。あのころぼくは、それをなんどもなんどもくりかえした。そしていままでは、そのことをくりかえし思いだしている。こんなになんどもくりかえしていたら、いつの日か、ぼくの記憶のなかで、父さんとトビがひとつになってしまうかもしれない。もしもそんなことになったら、その光景はぼくのお気に入りになるだろう。それがなにを意味するのかはわからない。でも、ぼくはそれが大好きになるんだ。

椅子を近づけたあと、ぼくは台所に行く。蛇口をひねって、ベッドに横になる。

そんなふうにして眠りを待つあいだ、ぼくが頭のなかでなにを思っていたか？　それはいうまでもない。ぼくはプラットホームをおり、線路ぞいにすすむ。カラマツの林をぬけ、丘をこえ、工事中の橋をわたる。そして国道につくまで、ひたすら歩きつづける。そうやって頭のなかであの道すじをなぞっていくことはこわくはなかった。ぼくの耳には流しの水滴の音が聞こえていたから。つまり、その音が聞こえていればだいじょうぶだとぼくは思っていたのだ。それをたしかめるために、わざわざ水道をとめに行ったりはしなかったから。

ぼくは国道に長居はしないで、さっさと出発してしまう。雪まじりの道でも、すごい大またで歩く。橋、カラマツの林。そしてまた線路をたどり、駅に到着。

そうしてやっと、ぼくは眠りにつく。

ほんとうのことをいえば、ぼくはなぜ自分がそんなことをするのか、はっきりとはわかっていなかった。ただ、これだけはいえる。頭のなかで、あの記憶がありありとよみがえってくるのをじゃまするためだ。国道の上でいつまでもくるくるとほどけている綱と、雪の上に犬が足跡を残していったカーブの記憶。

たっぷりと肉をいれた皿をもって台所からもどると、母さんが、両手で父さんの頭を抱きかかえていた。父さんの顔は苦しげにゆがんでいる。母さんはかかえていた頭をそうっと枕にもどした。ぼくはドアの敷居につっ立っていた。母さんはすこし様子をみてから、父さんのほうに身をかがめた。父さんがごくんと唾《つば》をのみこんだ。表情がやわらぎ、まぶたがとじられた。母さんが立ちあがって、ぼくにいった。

「もうだいじょうぶよ」

そしてたずねた。

「窓をあけてくれる?」

ぼくは部屋のなかに入った。枕もとのテーブルに皿をおき、トビのうしろをまわって窓辺に行った。窓と鳥籠のあいだはもう一メートルくらいになっていた。ぼくは窓をすっかりあけはなした。前の通りを車が何台か通りすぎた。太陽の光が車の窓ガラスに反射している。つもった雪はほとんどとけ、建物の壁の近くに残るだけだ。その雪は灰色に黒ずみ、歩道をぬらしている。空はからりと晴れていたけれど、道ゆく人たちはまだ厚手の服を着こんでいた。

ぼくはふりむいて、母さんにたずねた。

「ほんとにだいじょうぶなの？」

ええ、と母さんがこたえた。ベッドの右側の足もとにうずくまるようにすわっている。

「もうすこし窓をしめて」

両開きの窓をほそめると、母さんが、それくらいでいいわ、といった。そして、しずかにしてね、という合図をして、部屋を出ていった。

ぼくは、父さんが目を覚ますまで、えさをやるのを待とうと思った。でも、トビはもう肉の匂いを嗅ぎつけていた。いらだったようにはげしく翼をばたつかせ、目玉をぎょろぎょろさせている。ぼくは皿をもって台所にもどった。

ベッドにのって窓をあけ、そのままあおむけにねそべった。

起きあがって流しで水を飲んでいるとき、父さんが目を覚ました。父さんは、ぼくが寝室へ入ってきたのを見ると、じれったそうにいった。

「おい、なぜえさをやらないんだ?」

ぼくはなにもいわなかった。うれしかったのだ。大いそぎで台所に引きかえし、皿をとってきた。トビはひどく腹をすかせていた。皿をいれてやると、いつものようにちょっと留まり木にたたずみ、それからすぐにおりてきて、猛然と食べはじめた。

トビが肉をすっかりたいらげた。ぼくはさっと父さんをふりむき、いつものせりふを待った。父さんが顔をほころばせた。ぼくがそのせりふを待ちかまえているのを知ってたからだ。父さんはすぐにうっとりした声でいってくれた。

「おいおい、ぼうず、もうぜんぶ食っちまったぞ」

ぼくは肘掛椅子にすとんと頭をのせて、せりふを返した。

「あーあ、上等なお肉なのになあ」

そう、これですべて完了。

みじかい沈黙があった。父さんが、おだやかな声でいった。

「なぜだか思うんだ、父さんはこれからも、おまえとずっといっしょだって」

それは、ぼくの首をうしろからつき刺した。そして背すじをつたって下へ落ちた。ぼくはぱくぱくと口で息をした。それがさらに下へ下へと落ちてゆき、ついにひざまで達したのを感じたとき、ぼくのなかはすっかりからっぽになった。声がでない。父さんがぼくの様子に気づいて、口ごもるようにいった。

「ああ、わるかった。ゆるしてくれ」

ぼくはなにか返事をしなければと思った。でも、どうしてもできなかった。ぼくは頭をふった。いいや、父さんのせいじゃない。

「とにかく、ゆるしてくれ」

ぼくはかすかにうなずいだ。そして窓のほうに目をやって、いった。

「窓をしめたほうがいい？」

「さあ……そんなに寒くないよ。おまえは？」

「うん、寒くない」

「じゃあもうすこしこのままにしておこう」

すうっと風がながれてきた。トビは風のまんなかにいた。とても気持ちよさそうだ。くびのまわりの和毛《にこげ》がぴんと立って、まるで小さなドライヤーをかけているように、そよそよとゆれていた。


あの発作みたいなやつがまた起きた。父さんが苦痛で顔をゆがめ、はげしく首をのけぞらせている。発作は激しくなるいっぽうだ。すぐ手当てをしなければならない。頭を両手でしっかりと抱え、すこし様子をみてから、そうっと枕にもどすのだ。最初、ぼくはそんなことをするのは気がすすまなかった。発作が起きたときにはいつも母さんがそばにいてくれますようにと願っていたのだ。それでもおそるおそるやってみると、思っていたほどいやなことではなかった。頭を両手で抱えることも、父さんの肌の感触も、折れそうなくらいそりかえった首も。

　ぼくは父さんの頭をそっと枕にのせた。父さんはすぐに目をとじて、眠った。眠りから覚めると、具合はいくらかよくなっていた。父さんは目でトビをさがした。さっきのこわばった表情はもうどこにもない。ぼくは肘掛椅子にすわっていた。それからぼくらはふたりでトビが肉を食べるのをながめた。その夜、トビが肉を食べる様子といったら……それはもう、最高にすばらしかった。そのときぼくは枕もとのランプを灯けていた。ランプのかさはオレンジ色。光をすこし吸収するそのかさをとおして、四十ワットの電球が完璧な光を放っていた。そのやわらかなオレンジ色の光のなかに、トビのすることすべて、そのうごきのひとつひとつが映しだされるのが見えた。それは、なにか妖《あや》しいほどうつくしいものだった。トビのたてるちいさな物音さえ、その光にあわせて奏でられているみたいだった。昼の光の下で聞く音より、はるかに緻密《ちみつ》で、ひそやかな音だった。

　そう、なにもかもがぼくらのお気に入りだった。ぼくらはよくうっとりと見とれたものだ。ときどき、トビが肉を食べおわっても、いつものせりふを忘れてしまうくらい。

父さんが眠った。ぼくは鳥籠にタオルをかけ、椅子を数センチ動かして、自分のベッドへ行った。

ぼくはベッドに横たわっていた。いま自分がどこにいるのか気づいたとき、そして寝がえりをうつのをやめたとき、ぼくの耳に、流しの水滴の音が聞こえてきた。そして、ぼくは水滴にいった。やってみるよ。駅から国道までの道のり、たどってみる。それが奇妙なことだということは、自分でもよくわかっている。でも、ぼくはそのあと、こんな空想をはじめたのだった……ぼくは犬を胸に抱いている。犬の頭を肩にのせ、ひどく歩きにくい雪道を進んでゆく。国道に到着。ぼくはもう一歩も歩けないほど疲れきっている。それでもすこしも休まず、ただちに出発する。いつのまにか、ぼくの横をおばあさんが歩いている。おばあさんはすこしも疲れてない。しずかに足をはこんでは、犬の重みにたえかねて苦しげにうめくぼくを、うれしそうに見ている。ときおりあの美しいリスの話をする。そんなふうにしてぼくたちは先へすすみ、鉄道橋をわたる。ぼくはリスの話を聞きながら、苦い涙を流す。やがてぼくたちはまた丘にはいり、丘をぬける。ふいに、目の前に、駅の光が見えてくる……。

医者が興味深そうにトビを見ていた。こんなに近くで見るのははじめてだよ、と医者はいった。そして、なんだか心ひかれる鳥だな、とも。それから立ちあがり、腰をかがめて鳥籠をのぞきこんだ。ぼくは鳥籠を流しのそばにおいていた。えさはなにをやっているのかね、ときかれたので、肉のことを説明すると、ひどくおどろいた様子をした。片手を格子に近づけたけれど、指をいれようとはしなかった。どうしようかと迷ってはいたようだけど。

医者がテーブルにもどって腰をおろし、用紙になにか書きこんでふたつに折った。紙の上に片手をのせて、またいっときトビを見つめた。母さんが、どんな状態になったらお呼びすればいいんでしょう、ときくと、こういった。もういつでもかまいませんよ。そうですな、呼びたいと思われたときに……。

医者が帰っていった。母さんはそのままテーブルにすわりこんでいた。ぼくは鳥籠のなかをそうじしていた。トビが窓のほうに首をまわし、目をぱちくりさせた。

「母さん、ちょっと見て、トビの目！」

母さんがきいた。

「どうしたの？」

「ちょっと見てよ」

母さんはすわったまま、注意深くトビを見た。

「まあ、まばたきしてる」

「いつも両目いっしょってわけじゃないんだよ」

「ええ、ほんとね」

うしろで母さんが席を立つ音がした。母さんは通りすがりに、ぼくの首をそっとなでて、自分の部屋へひきとっていった。ぼくは鳥籠をすっかりきれいにした。水桶の水をかえ、父さんの寝室に鳥籠をはこんだ。部屋はきちんと整えられていた。医者を呼ぶ前に、母さんが片づけたのだ。椅子は二脚とも窓ぎわにぴったりよせられていた。でも、ぼくはそれをもとにもどすことを忘れなかった。ぼくは椅子をちょうどいいところに動かして、鳥籠をのせた。肘掛椅子に腰かけているど、ドアから母さんが顔をのぞかせて、出かけてくるわ、と小声でいった。

父さんが寝がえりをうった。ぼくがここにいるから、と母さんに合図をおくると、母さんはにっこり笑って出ていった。

父さんが目を覚ましたのは、日が暮れたあとだった。ぼくはほんのすこし待ってから、枕もとのランプを灯けた。父さんはあいかわらずひどくだるそうな様子だった。ぼくは立ちあがって、台所からトビの皿を持ってきた。そして鳥籠に皿を入れ、肘掛椅子にもどった。ぼくらはしずかに、あのうつくしい光の下でトビがえさをついばむ様子を見つめた。

でも、それからふたりで、トビが羽づくろいをしたり、いろんな動作をして、あのちいさな音をたてるのを聞くことはなかった。父さんが眠ってしまったからだ。ぼくは父さんの部屋のあかりも、廊下のあかりもぜんぶ消した。

次の日、目を覚ますと、父さんの部屋から話し声が聞こえた。ぼくは服を着がえて、廊下に出た。でも、ドアの前ですぐに立ちどまった。廊下の斜めむかい、父さんの寝室の前に母さんがいたからだ。母さんはぼくを見ると、そこにいなさい、という合図をした。どうして、とぼくはきいた。すると寝室から医者が出てきた。医者は母さんのうしろからこちらにやってきた。ぼくたちは三人で台所のなかへ入った。三人とも、ながいあいだひとこともしゃべらなかった。まるで、医者がこういうのをずっと待っていたみたいに――ご主人が目を覚まされることはもうないでしょう。このままの状態で、もって一日、あるいは二日……そんなところです。

母さんがコーヒーを淹れた。ぼくたちはそのコーヒーを飲んだ。手を洗わせてもらいますよと医者がいった。

ぼくはいつもとおなじ量の砂糖をカップにいれた。でも、母さんが淹れたコーヒーはひどく濃くて、口のなかにいつまでも苦みがのこった。ぼくはその日、父さんに会いに寝室へは行かなかった。ほとんど一日じゅう、ベッドにねころがっていた。

ときどき、母さんがぼくのそばにきて、ベッドのすみに腰をおろした。

ときどき、ぼくは寝がえりをうって、窓の外をながめた。窓のむこうにいろんなものが見えた。もちろん、たくさんの雲。建物のすぐそばまで飛んでくる鳥。くるくると旋回しながらどこかへ消えてゆく紙くず。

でも、ぼくは、自分がトビを飼っていることを、いちども思いださなかった。

あくる日は、まぶしいほどの太陽が昇った。

流しの前で顔を洗っていると、母さんが台所に入ってきた。おびえたような、はりつめた目をして。母さんは椅子にかけようとしてあやうく倒れそうになり、テーブルのふちにつかまった。そしてようやく腰かけたと思うと、またすぐに立ちあがり、ぼくを抱きよせた。母さんはぼくを胸に抱いたまま、ささやくようにいった。

「わたしのぼうや……」

そして、ぼくはすべてを了解した。

母さんがぎゅっと腕に力をこめた。ふたりでベッドのすみにすわりこんだ。ぼくのおでこには、まだ水滴がのこっていた。やがて、首すじにじりじりと日光が照りつけるのを感じた。くびが熱いや、というと、わたしも、と母さんがいった。

それからながいあいだ、首を太陽に灼《や》かれたまま、ぼくらはふたりでベッドのすみに腰かけていた。しばらくすると母さんが、父さんに会いたい？　とたずねた。ぼくは、わからない、とこたえた。すると母さんがいった。そうね、わかるわ。でも、ひとつだけ、こわがってはいけないものがあるの。これからあなたがお部屋にいってもね。それは、父さんのお顔よ。だいじょうぶ、こわくないから……。母さんはひといきにそういうと、これからお医者さまを呼びにいくけど、いい？　ときいた。うん、とぼくはこたえた。

よろい戸のすきまから、真昼の太陽がほそく射しこんでいた。その光は、窓辺とまわりの壁を照らすだけで、部屋のなかは仄暗《ほのぐら》かった。二脚の椅子は、ベッドと窓のあいだのあるべきところにちゃんとおかれていた。鳥籠の上には、タオルがていねいにかけられていた。トビはタオルの陰でおとなしくしているようだ。ぼくは部屋のなかに入って奥へすすみ、ベッドの背もたれにさわった。部屋のなかがぼんやりとうす暗いことに、ぼくはほっとしていた。ぼくは、父さんの顔が見えるところまで、すこしだけ首をかたむけた。それからまた窓のほうに目をやって、背もたれから手をはなした。

そうして果てしなくながいあいだ、ぼくはただ窓だけを見つめていた。ぼくはふと、ベッドの足もとにすわりたいと思った。そしてベッドの背もたれに頬をおしつけ、その木枠にキスをしたいと思った。木枠は、火傷《やけど》するほど熱かった。あとで台所にもどって長靴をみがきはじめてからも、ぼくはその熱さが忘れられず、そこで考えたことが現実のように感じられたのだった。

いまでもときどき考えることがある。あれはぼくが実際にしたことなのか、それともしたいと思っただけなのかと。どちらでもおなじことだ、そう思うのがぼくは好きだ。そして、そう思って満足する。

また、ときにはこう考えることもある。ぼくがいちばん好きなのは、正確に思いだそうとしないことなのだと。いや、そうじゃない。ぼくはただこう思う。ぼくはそれをした、木枠にキスをした、それでいいじゃないか、と。

ぼくは父さんの部屋を出た。そのまま外に出かけるつもりで長靴をはき、オーバーをつかみ、そしてふいに、出かけるのをやめた。ぼくはオーバーを椅子にかけ、自分のベッドにねころがった。

空を見上げた。見るべきものはなにもなかった。前を見た。

長靴の甲のあたりが見えた。雪よけの塩が、革に白くこびりついている。靴底のふちはうす汚れた灰色をしている。

なんだかすっかり古ぼけた長靴みたいだった。

ぼくは立ちあがり、長靴をぬいだ。靴みがきの道具をとってきて、ベッドに腰かけた。

そして、ぼくは長靴をみがいた。

ぴかぴかになると、ベッドの下におき、その長靴をじっと見つめた。まるでそこにすごい高級品の長靴があるみたいに。そのときぼくは、まあたらしい長靴を見つめるひとに、似ていた。

訳者あとがき

『おわりの雪』（*La Dernière Neige*）は、ユベール・マンガレリが二〇〇〇年に発表した二作目の小説《ロマン》である。

作家ユベール・マンガレリは、一九五六年フランス北東部のロレーヌ地方生まれ。祖父はイタリア出身であるという。高校卒業後、十七歳で海軍に入隊し、三年間世界各地を就航。除隊後はさまざまな職業を転々としたのち、八九年、『綱渡り芸人の秘密』で児童文学作家としてデビュー。九九年に『しずかに流れるみどりの川』で本格的な中・長編小説の執筆を開始し、二〇〇三年に、四作目の小説『四人の兵士』でメディシス賞を受賞した。

孤立した小さな場所に暮らす父子、小さな野生動物、冬枯れの風景、雪——マンガレリが好んで作品に登場させるモチーフだ。マンガレリは、そんな寓話とも童話ともつかない小さな世界を、しんと心に沁《し》みこむような静けさのただよう文体で描く異色の作家である。そっけないほど淡々とした、やさしい言葉でつづられる作品は、読みこむほどに重みをましてゆく。それはまちがっても眉に皺《しわ》をよせて深刻に考え込んでしまうような重みではなく、たとえるなら、人生の美しさと哀しみが凝縮した小さな雪の結晶が、すこしずつ大地に降り積もっていくような重み、とでもいったらいいだろうか。前に述べたように、マンガレリは児童文学作家として出発している。けれど、彼を「児童文学出身の作家」と呼ぶべきではないのは、六作を数える初期の作品が「主人公が子供だったから」という理由で児童書のシリーズに収められはしたものの、けして子供のためだけに書いていたわけではないからだ。事実、長編小説を発表するようになった今でも、そのスタイルや主題は大きく変わってはいない。彼の小説の魅力は、「児童小説」と「(大人むけの)一般小説」といった枠を越えたところにこそあるといえるだろう。

二〇〇三年度のメディシス賞受賞後の記事として、フィガロ紙は、「無からはじまる世界」と題し、マンガレリに次のような評をよせている。

「ユベール・マンガレリは、ほとんど無に近い、この上なくシンプルな状態からはじまる世界を創造する芸術家のひとりである。そのたぐいまれな力こそ、作家として、彼の才能が本物であるあかしなのだ」

フィガロ紙にあるとおり、マンガレリの小説は、いままさに「無」から生まれたばかり、という印象をいだかせるほど、きわめてシンプルだ。時間も空間も限定され、登場人物もごく少数。そんなシンプルな設定のなかで、大きなドラマや説明は排され、日常のささやかなできごとが、きわめて簡潔に、正確に語られる。そしてその日常は、日々反復しながら、ほんの微かずつ変化してゆく。大きなドラマはなくても、その微妙な変化は単調な反復のなかで際立ち、主人公の見つめる自然や季節や光の繊細なうつろいとあいまって、どこか「生」がだんだんと衰えていくさまを思わせもする。マンガレリが「ミニマリスト」と評される所以《ゆえん》であるが、それは彼がけして小さな世界を小さく描いているからではなく、こうした微細なもののなかに普遍的なものを含み、抽象的な閉鎖空間でありながら、小宇宙のような広がりを感じさせせるからだろう。

マンガレリが、好んでとりあげる主題は「父と子」、あるいは「大人と少年」とのかかわりである。主人公は幼年期あるいは思春期の少年。「明るく元気で威勢のいい」といったタイプではなく、いつもなにやらひとりで空想しては、たのしんだり悲しんだり心配したりしてるような、繊細でどことなくユーモラスな少年だ。読者は、そんな少年が、いつものようにどこかお気に入りの場所——だれもいない原っぱや川べり、町はずれの小さな通りなど——をひとりきりで歩いているところにふとめぐりあわせた、というぐあいで物語のなかに入ってゆく。

　少年は父親（あるいはそれに類する年長者）と暮らしている。その父親は、失業者だったり、病にふせっていたり、実現しそうもない夢ばかり追っていたり、いってみれば社会不適応者、アウトサイダーといってさしつかえのない男である。少年はそんな父親のもとで、けして平穏とはいえない毎日を過ごしながら、父親が内にかかえている漠然とした不安や疎外感、挫折感を幼いながらに感じとっている。親がどんなに隠そうとしたり、見栄をはろうとしても、子供の目はそれをみのがさない。けれど、マンガレリの少年たちは、父親の内にある屈託には気づかぬふりをして、つねに父親の味方であろうとし、父親とともに生きようとする。気づいていることを口にしないこと、それは、子供がはじめて持つ秘密であり、寂しさであり、すこし大人に近づくことでもある。

　父と息子をつなぐものは、息子が話してきかせる「物語」だ。それは、あたかも見てきたことをありのままに報告しているようでいて、少しずつ、夢や空想や、あるはずのない過去の記憶がおりまぜられている。そして父親は、息子がおそるおそる語ってきかせる話がうそであることを察しながらも、すべて事実として受けいれようとする。

　マンガレリの小説には、病や貧困など、現実のやりきれなさが基調として流れている。父も息子も、それぞれ不安をかかえ、たがいにいえない秘密をかかえているのだが、そこに絶望感がともなわないのは、息子の物語が父親に受けいれられることによって、空想が現実のなかに流出し、その境目をあいまいにしながら、現実によく似たもうひとつの現実をつくっているからだ。いや、それはむしろふたりにとって、現実以上の真実、原風景といってもよいかもしれない。そんなはかない物語を共有し、大切に守ろうとすることで、父子のあいだには深い絆が生まれる。マンガレリの作品に登場する少年たちは、現実そのものを変えることはできない子供ではあっても、空想によって、世界を味気ないものから生き生きしたものへと変えることができる。マンガレリ的世界において、空想力《イマジネーション》とは現実から逃避するためのすべてではなく、現実を生きていくために子供にそなわった逞しい力である。

　マンガレリの描く登場人物たちはみな、静寂を愛し、いつもはにかむように沈黙している。世界を拒む冷たい沈黙ではない。それはむしろ世界を正確に語るための静かな戦いなのだ。目の前に、あるいは自分の心のうちに「語りえぬもの」が出現したとき、彼らはふっと黙りこむ。そして、自分の外の、あるいは内側の、わずかな気配、かすかなふるえに耳をそばだてる。雨の音、風の音、葉ずれの音、鳥の羽ばたき……さまざまな音が沈黙にしみこんでくる。そのとき、沈黙は雄弁な声となって、人と人とを、あるいは人と世界をむすびつけるのだ。マンガレリの沈黙は、音楽における休止符という〈音〉なのかもしれない。

＊

『おわりの雪』は、父と子を描いてきたマンガレリの世界がみごとに結実し、死と記憶というテーマが加えられた味わい深い作品である。

舞台は、雪の多い山間の小さな町。北イタリアの都市を思わせる通り名が出てくるが、イタリアであるのかどうかはさだかではない。語り手である「ぼく」は、そんな小さな町で暮していた少年のころ、露店でみつけた一羽のトビを買いたいと願っていた。「ぼく」はそのトビとの出会いを起点にして、当時の記憶を掘り起こしていく。病床の父親のこと、夜になるとひとりでどこかへ出かけていった母親のこと、いっしょに庭を散歩した養老院の老人たちのこと、そして愛するものを守るためにひき受けた、悲しい「仕事」のこと。深い闇と淡い光のなかに、空想と幻想にみちた幼い日々が静かに浮かびあがる……。

タイトルである「おわりの雪」とは、その年の最後の雪、死期の近づいた父親にとっての最後の雪、そして幼年時代の最後の雪という意味をも含む「おわりの雪」なのだろう。現実のなかで季節はめぐり、ふりだした雪もかならずおわる。けれど、たとえ現実の雪がふりやんでも、記憶のなかの雪はけしておわらないかのようだ。「雪がたくさんふった」年、語り手は様々なものを喪《うしな》うことになるが、それは同時に、喪ったあとに残るもの——すなわち記憶を心に深く刻みこんだ年にもなる。語り手は、回想をしている「現在」がいつなのかはあきらかにしようとしない。彼にとって父とトビとともに過ごした幼い日々は、人生のことあるごとに帰ってゆく永遠の場所なのかもしれない。

＊

マンガレリは、少しずつ、ゆっくりと世界を広げてゆく作家だ。小説の第一作『しずかに流れるみどりの川』(*Une rivière verte et silencieuse*, 1999)では、電気も止められてしまうような貧しさのなかで、バラの苗木を育てて一稼ぎしようと夢みる父子の姿がファンタジックに描かれた。第二作(本書)では、死と記憶というテーマが加わり、第三作『かわうその美しさ』(*La Beauté des loutres*, 2002)では、「父と息子」が「青年と少年」というかたちに変わり、切なくもユーモラスなロードムービー風の小説になった。そして、第四作『四人の兵士』(*Quatre Soldats*, 2003　二〇〇三年度メディシス賞受賞作)では、思いきって世界が広げられた。舞台は、第一次世界大戦終結直後のポーランド=ルーマニア国境。

ロシア赤軍に属するさまざまな出自をもつ四人の兵士が、寒さと飢えと死の恐怖の襲う極限状態のなかで友情を深めていく。さらに、五作目にあたる最新作『母のない男たち』（*Hommes sans mère*, 2004）は、ふたりの水兵が主人公となり、作家の青年時代を彷彿《ほうふつ》とさせる設定がとられている。

マンガレリはインタビューのなかで、父子の物語を好むのは、「それが基本的な関係だから」と語っている。その伝でいえば、これまで発表された五作の小説は、父子の物語のさまざまな変奏曲といってよいだろう。いずれの作品も、孤独を好み、生きることに不器用な人間たちを主人公にすえ、人と人とが日常のなかでどう関係を築いてゆくかという主題が受けつがれている。独りきりである個と個がどう関わりを持つか？　他者に対して、どんな声を発していくか？　そのとき重要な役割を果たすのは、つねに空想と物語である。

マンガレリは、現在、アルプスにほど近いイゼール県の山村に暮らし、精力的に執筆をつづけているという。標高一七〇〇メートルの雪深い山から、これからも美しく静謐《せいひつ》な作品をとどけてくれることだろう。

私事で恐縮だが、訳者が本書と出会ったのは、二〇〇一年にフランスにいたときのことだった。すこしの媚《こ》びも甘えもない魅力的な児童文学の書き手として親しんでいたマンガレリが、一般書のコーナーに平積みされていたのを見て驚き、そしてその驚きは、一読して驚嘆に変わった。それまで、私にとって、マンガレリは、だれにもいわずに、そっと自分だけの秘密にしておきたいような作家だったのだけれど、それから、その秘密は、だれかにうちあけたくてたまらない秘密になった。ここにマンガレリを紹介できるのは、訳者にとってこの上ないよろこびである。

最後になりましたが、本書を翻訳したいという願いをかなえてくださった編集部の平田紀之さん、そして、最後まであたたかいご教示をくださった鈴木美登里さんに、この場を借りて心より御礼申し上げます。

二〇〇四年十一月

田久保　麻理

巻末エッセイ　舞い降りる物語の断片

いしいしんじ

五回は読み返したと思うが、すべてを読み終えた、と思ったことが一度もない。訥々《とつとつ》とかたられる、言葉と言葉とのあいだ、あるいはそのむこうに、茫漠とした白い闇が、広がっているようにいつも感じる。

長く読み継がれている小説の多くがそうであるように、『おわりの雪』もまた、ページに書かれている言葉だけの小説ではない。ここでの言葉は、たとえていうなら、著者によって正確に距離をあけて作られた窓で、読者はガラス越しに、言葉の向こう側に広がった、手でさわれない世界を、息をひそめ見守っている。

それは、なにかを思い出すことに似ている。記憶のありかたを、物語のかたちにあらわしたもの、といえるかもしれない。過去に戻れないのと同じように、私たちは、記憶をすべて語りつくすことはできない。

揺れ動く心象。忘却のかなしみ。

淡く、甘やかな絶望感。

ユベール・マンガレリという作者について、『おわりの雪』を読むまで、正直なにも、知っていることはなかった。プロフィールに目を通した後も、彼に関する知識がそれほど増えたわけではない。生年と出生地。あいまいな職歴といくつかの著作名。

いっぽう、『おわりの雪』の語り手である「ぼく」はといえば、まるで遠い日の知人のように、私の記憶のなかに、ひっそりと、たしかに存在している。まるでマンガレリの紹介で、出会ったような感じなのだ。あるいは、マンガレリの心象が自分のなかに、しみこんで定着した、とでもいうべきか。『おわりの雪』を読むことを、特別な体験だった、と感じる読者は、たぶん少なくないだろうが、そのいっぽう、著者マンガレリにとっても、この小説を書くことは、おそらく通常の創作を越えた、特別な経験ではなかったかと思う。

養老院の中庭。

アジアゴ通りの噴水。

水の中の子猫。

ディ・ガッソの店先。

複数の心象が明滅し、揺れている。それらは互いに、ちょうどいい距離、絶妙な無関係をたもっている。なにかがなにかの原因となり、なにかの安易な象徴として提示される、ということが一切ない。一定の厳しさをもって、それらは閉じられている。

マンガレリは、物語の断片を、それぞれがひとつの完結した世界のように、雪の結晶のように、白く広がる闇の上へ降りまいていく。読者はただじっと、見守るほかない。離れあった心象のあいだに、無理に意味の橋を架け、含意を読みとこうという気にはけしてなれない。書かれた言葉を曇らせないように、ページを繰りながら、つい息を詰めてしまうほどだ。

枕元のランプ。

雪まみれの犬。

影の映る天井。

肉をついばむ鳥。

その瞬間は、読者のなかに、ふいに訪れる。訪れたことに、最初は気づかないかもしれないし、それを感じるのは、読了してから、しばらく経ったあとかもしれない。

離れあった心象、物語の欠片が、自分のなかのある一点で、たしかに交差しあい、また遠ざかっていったような、ふしぎな感覚にとらわれている。

どのページの、どの部分がという、目に見えるかたちではない。その交差は（作中の雪原とまさしく同じように）、読者のなかの、遠く目の届かないところで、いつのまにか生じている。ささやかではあるが、奇跡的な出来事が、たしかに、自分のなかで起きたという実感が、胸の内に広がっていく。たとえば、この世からもはやいなくなった、親しい誰かとの触れあい。遠い夏の朝の、まぶしい木漏れ日。飼っていた動物の声。冷えた寝床の手触り。はじめて見た雪景色。人の世の寂しさ、そして美しさを、私たちの記憶のなかで、『おわりの雪』は、しずかに蘇らせてくれる。


初出『ふらんす』二〇〇五年七月号「特集ユベール・マンガレリ」

著者略歴

ユベール・マンガレリ（Hubert Mingarelli）

1956年フランス、ロレーヌ地方に生まれる。17歳より3年間海軍に在籍し、その後さまざまな職を転々とする。1989年に作家デビュー、児童文学作家として活躍した後、1999年『しずかに流れるみどりの川』で本格的な中・長篇小説の執筆を開始。フランスのグルノーブルに程近い山村でひっそり暮らしながら、毎年一冊のペースで小説を発表している。『四人の兵士』で2003年度メディシス賞受賞。

訳者略歴

田久保麻理（たくぼ・まり）

慶應義塾大学文学部仏文科卒。翻訳家。

訳書に、ユベール・マンガレリ『おわりの雪』『しずかに流れるみどりの川』『四人の兵士』、ヒネル・サレーム『父さんの銃』、ミシェル・ロスタン『ぼくが逝った日』（以上、白水社）がある。

本書は2004年に単行本として小社より刊行されました。
Uブックス化に際し、訳文に一部手を入れました。

白水Uブックス　182

おわりの雪

著　者　ユベール・マンガレリ
訳　者©田久保麻理
発行者　及川直志
発行所　株式会社 白水社
東京都千代田区神田小川町3-24
振替　00190-5-33228　〒101-0052
電話（03）3291-7811（営業部）
（03）3291-7821（編集部）
http://www.hakusuisha.co.jp

2013年5月1日印刷
2013年5月25日発行
本文印刷　株式会社三陽社
表紙印刷　三陽クリエイティヴ
製　本　誠製本株式会社
Printed in Japan

ISBN978-4-560-07182-3

乱丁・落丁本は送料小社負担にてお取り替えいたします。